誓いの酒

目安番こって牛征史郎2

早見 俊

時代小説

二見時代小説文庫

誓いの酒——目安番こって牛征史郎2

目次

第一章　両口屋

一

　宝暦元年（一七五一年）の十月十二日、大川（隅田川）を渡る風は肌寒く木枯らしとなって落ち葉を舞わせている。ここ、柳橋の袂《たもと》浅草下平右衛門町にある高級料理屋吉林《きちりん》の庭は、柿が熟し、桂の木は黄色く色づき、銀杏《いちょう》は葉を落としている。

　花輪征史郎《はなわせいしろう》は、六尺（約一八二センチ）、三十貫（約一一二キロ）という巨軀を離れ座敷の濡れ縁に端座させ、晩秋から初冬のたたずまいを見せる庭を眺めていた。六ひょうたん小紋の小袖に仙台平《せんだいひら》の袴を穿《は》いている。

「若、冷えますよ」

　傍《かたわ》らに控える絣《かすり》木綿の小袖に濃紺の袴を身につけた河瀬吉蔵《かわせきちぞう》が声をかけてきた。

征史郎とは正反対に五尺（約一五一センチ）に満たない痩せた男である。二人は、体格が正反対というだけでなく、年齢も征史郎が二十五歳であるのに対し、吉蔵は五十五歳と親子ほどの違いがある。

吉蔵が、「若」と呼ぶように、征史郎は直参旗本千石花輪家の次男坊だ。兄、征一郎《せいいちろう》は公儀目付の要職にある。吉蔵の方は、南町奉行所で隠密廻り同心を務めていた。今は隠居の身だ。

「何時《なんどき》だ」

征史郎は吉蔵を見た。

「七つ（午後四時）といったところでしょうか」

吉蔵は斜めに傾いた陽を見上げた。すると、浅草寺《せんそうじ》の鐘が七つを告げた。

「そろそろ出雲《いずも》さまがお出でじゃ。それまで、ここで待とう」

「分かりました」

二人が待つ「出雲さま」とは、九代将軍徳川家重《とくがわいえしげ》の側近、御側御用取次大岡出雲守《おそばごようとりつぎおおおかいずものかみ》忠光《ただみつ》のことだ。

直参旗本の次男坊と元隠密同心という奇妙な取り合わせの二人が、将軍の君側の臣を待つのは少々説明を要する。

将軍家重は生来言語障害の持病を持っていた。このため、父で八代将軍であった吉《よし》宗《むね》は後継将軍を選定する際、弟の田安宗武《たやすむねたけ》を推《お》すか迷った。幕閣、御三家も家重、宗武どちらが将軍に就任すべきかで意見が分かれた。

吉宗は、家重派、宗武派で幕府が割れることを危惧し、長子相続の原則を優先して家重の将軍就任を決定した。言語障害を抱える家重の政《まつりごと》は大御所として吉宗が後見《こうけん》したことで、順当に行われた。

ところが、今年の六月に吉宗が薨去《こうきょ》すると、鳴りを潜めていた宗武を推す勢力が鎌首をもたげてきた。家重の失政を策動し、宗武擁立を虎視眈々と狙い始めたのだ。家重幼少の頃より側近くに仕える忠光は家重の言葉をただ一人、聞き分けることができる。

宗武派が家重の失政を策動するにあたり、利用しようとしているのが目安箱《めやすばこ》である。目安箱とは吉宗が民の声を政に生かそうと、江戸城和田倉門外に設置した投書箱である。小石川養生所が目安箱の投書によって創設されたことは知られている。

目安箱に投書するには氏名、住所を明記する必要がある。でないと、根も葉もないことがらを好き勝手に投書できるからだ。鍵は将軍が持ち、投書は将軍のみが目を通す。つまり、目安箱の投書は将軍自らが決裁するのだ。

ここに、宗武派のつけ入る隙があった。

言葉の不自由な家重に独断で決裁させることにより、失政を誘おうというのだ。そこで、忠光は目安箱の投書を検《あらた》め、厄介な投書を予《あらかじ》め解決しようと考えた。その、解決を行う者、すなわち、「目安番」に征史郎と吉蔵を選んだのである。

「幕閣を揺るがしかねない、投書って、なんだろうな」

征史郎は待ちくたびれたのか、庭を見飽きたのか、ぽつりと漏らした。

「さあ、とんと」

「おまえ、聞いてないのか」

「ええ。ただ、ここで待つように言われただけです」

征史郎と吉蔵は、一月《ひとつき》ほど前に目安番の初仕事を引き受け、無事成就した。忠光は、一件が落着したことで二人に報奨金を与えた。吉蔵はその報奨金を受け取りに番町にある忠光の屋敷を訪れた際に、忠光からの伝言を受け取ったという。

「なんだろうな」

征史郎は目をぱちくりと瞬《またた》いた。そのやさしげな瞳は巨軀と相まって、「こって牛」

を思わせる。

すると、渡り廊下を踏みしめる足音がした。征史郎は座敷に入り、

「おい、おまえも」

吉蔵に呼びかけたが、

「いえ、あっしは」

身分違いだと遠慮して濡れ縁に控えた。

「待たせたな」

忠光は四十路《よそじ》を少し過ぎた頃、どこにでもいる中年男といった風貌である。ただ、月代《さかやき》と髭を丁寧過ぎるほどに剃り上げているせいか、顔全体が青々と光っている。忠光は、紋付羽織、袴に身を包み、

「吉蔵、苦しゅうない。入れ」

吉蔵に視線を送った。吉蔵は、「はい」と首をすくめ、座敷に入って来た。征史郎が手招きし横に座らせる。

「花輪征史郎、河瀬吉蔵、見事な働きであったぞ」

忠光はまず、先月の手柄を誉めた。征史郎は、黙って頭を下げた。

「腹は減っておるか」

思いがけない問いかけに征史郎は言葉を飲み込んだが、じきに、

「はい。少々ですが」

腹をさすった。忠光は、

「では、辛かろうが、話がすむまで、我慢してもらおう」

真面目な顔で返してきた。征史郎は、お預けを食った犬のようにわずかに悲しげな顔をする。そんな征史郎を気遣うこともなく、

「まずは、これじゃ」

忠光は懐中から投書を出した。征史郎は両手で受け取ると黙読し、吉蔵に渡す。投書をしてきたのは、日本橋室町《むろまち》にある両替商両口屋十兵衛《りようぐちやじゆうべえ》だった。

「喜多方《きたかた》藩において御家《おいえ》騒動が起こる恐れあり、とは」

征史郎は忠光を見た。投書にはただそう書いてあるだけだ。

「喜多方藩といえば、二十万石の国持ち格。外様の大藩ですね」

吉蔵は投書を丁寧に折り畳むと征史郎に返した。

「藩主、矢上常陸介吉友《やがみひたちのすけよしとも》殿は従四位下侍従の官位にあられる。伊達殿や南部殿、佐竹殿と共に、奥羽における外様《とざま》の雄藩だな」

忠光は淡々と言った。

「そのような、大藩の御家騒動とは、何ごとでございましょう」

「分からん。分からんからそなたと吉蔵に両口屋まで行かせたいのじゃ」

「それは、行かせてもらいますが」

　征史郎は遠慮がちに目を伏せた。

「なんじゃ」

「いえ、その、まあ、行ってきますよ」

「どうした。そのほうらしくもない。奥歯に物の挟まったような声を出しおって。かまわん。何か気になることがあるのなら申せ。胸にしこりが残ったままでは、御役目成就できぬぞ」

「では、お聞きします。喜多方藩が大藩であることは分かりますが、幕閣を揺るがすような大事とはいかなることでしょう。外様の大藩の御家騒動が御公儀をも揺るがすのでしょうか」

　征史郎は目をぱちぱちとさせた。

「ふむ、なるほどな」

　忠光はうなずいてから、

「そなた、知らぬのか」

苦笑を浮かべ吉蔵に視線を送る。征史郎も釣られるように吉蔵に顔を向ける。吉蔵はひょこっと首をすくめ、

「畏《おそ》れながら、紀美《きみ》姫さまお輿入《こしい》れの一件でございますか」

忠光に返した。紀美姫とは将軍家重の次女である。来年の春に、喜多方藩主吉友との婚儀が整っていた。

忠光は、「そうじゃ」と答え、

「そなた、知らなかったのか」

呆れたような声を出した。

「申し訳ございません。迂闊《うかつ》なことに存じ上げませんでした」

征史郎はばつが悪そうに頭を掻《か》いた。

「征一郎殿からは聞いておらぬのか」

「兄上とは、政の話は、とんと」

政の話どころか、兄とはあまり口をきくことがない。文武両道に秀で、書院番士として出仕し、組頭、目付と順調に出世の階段を登っている征一郎と、部屋住みで堅苦しいことが大の苦手という征史郎では、共通の話題はない。

それどころか、神経質で口うるさい征一郎は、征史郎と話をする時は大抵が説教で

ある。

「まあよい、そなたのそういうところが気に入ったのじゃからな」

忠光は目安番を設けるに当たり親戚で名奉行の誉れ高い大岡越前守忠相《えちぜんのかみただすけ》に相談した。忠相は、町人の訴えを聞くという役目柄町方《まちかた》の事情に精通した者が必要であると、南町奉行時代の優秀な部下であった隠密廻り同心河瀬吉蔵を紹介してくれた。

忠光は吉蔵に、実際の役目を遂行できる男を探させた。直参旗本で部屋住み、剣の腕が立つことに加え、出世欲のない男、という条件をつけた。出世の野心ぎらぎらの男では、家重を守る目安番という仕事はできないと考えたのだ。

この条件に従って、吉蔵は征史郎と行き逢ったのだ。

無外流《むがいりゅう》免許皆伝という抜群の剣の腕、部屋住みで政には無関心ののほほんとした日々を暮らす征史郎は、まさにうってつけだったのだ。

「そういうわけじゃ。畏れ多くも紀美姫さまがお輿入れをなさろうという時、喜多方藩で騒動が起きては大事《おおごと》じゃ。まずは、両口屋に赴き、投書の内容、確かめてまいれ」

忠光は頰を引き締めた。

征史郎と吉蔵は両手をついた。

二

翌日の昼下がり、征史郎と吉蔵は両口屋に向かった。征史郎は一応、羽織、袴に身を包み、吉蔵は縞柄の小袖を着流し、股引を穿いて尻はしょりにしている。旗本とその小者といった風だ。

両口屋へ向かう道々、

「いくら紀美姫さまのお輿入れ先とはいえ、それが御公儀を揺るがすような騒ぎとなるものかな」

征史郎はまだ納得がいかないとみえ、さかんに首をひねった。

「いや、それですがね」

吉蔵は立ち止まって辺りを見回した。

日本橋の往来である。大勢の人間が行き交っている。行商人、店者《たなもの》、棒手振《ぼてふ》り、旅人、町人ばかりでなく、大名家の藩士、旗本、浪人まで、雑多な人間で賑《にぎ》わいをみせていた。

皆、自分の用事で忙しく、誰も征史郎と吉蔵などには目もくれない。時折、飛ぶように往来を行く棒手振り達が、ひときわ目立つ巨漢の征史郎にぶつからないよう注意を向けてくるにすぎない。

「なんだ。心当たりあるのか」

征史郎も立ち止まり、腰を屈《かが》めた。そうしないと、吉蔵とはひそひそ話ができない。

「紀美姫さまのご婚儀を整えたのは大岡さまなんですよ」

吉蔵は早口に言った。

「そうだったのか」

征史郎は茫洋とした顔でうなずき返した。

吉蔵は忠光の狙いが外様の大藩との縁を深めることにあると説明した。

「骨折《ほねお》って整えた婚儀がだめになった、とあっては」

吉蔵は顔をしかめる。

「なんだ、そういうことか。結局、自分の身を心配してのことなんじゃないか」

征史郎が思わず声を上げたので、吉蔵はあわてて、

「若、声が」

と、たしなめ、

「まあ、大岡さまにしてみたら公方《くぼう》さまによかれとお思いになってのことですから」

言葉を継いだ。

「ま、いいや。うまくいけば、褒美をいただけるんだろうからな」

征史郎は言うと口笛を吹きながら大股で歩き始めた。吉蔵は短い足を忙しく動かし必死について行く。


二人は室町にある両口屋の店先に立った。

「でけ〜な。間口《まぐち》十間（約一八メートル）はありそうだ」

征史郎は瓦葺《かわらぶき》、二階建ての漆喰《しっくい》塗り壁作りの堂々たる店を見上げた。軒先に分銅看板が吊るされ老舗《しにせ》の貫禄を見せている。

「なんせ、大名貸しもやっている両替屋ですからね」

「なるほどな」

「喜多方の矢上さまへも貸しているそうですよ」

「そうか、貸し先に潰《つぶ》れられたんじゃ、大変だな」

征史郎は陽気に言うと、暖簾《のれん》を潜《くぐ》った。土間を隔てて板敷きの店がある。店の左側面を土間が走り、奥へ貫いていた。店は帳場格子が並び、小机に座った手代達が銭箱を抱え忙しげに算盤《そろばん》玉を弾《はじ》いている。

その手代達の奥で、ひときわむずかしい顔をした番頭が帳面に目を通している。客と手代が入り乱れ、店の中は活気に満ちていた。征史郎はとりあえず、

「頼もう」

怒鳴ってみた。店のざわめきはやまなかったが手代の一人が歩み寄って来て、

「いらっしゃいませ」

前掛けで両手を拭きながら頭を下げた。征史郎は、

「主《あるじ》十兵衛に会いたい」

ぶっきらぼうに言った。手代はにこやかに、

「失礼でございますが、お武家さまはどちらさまで」

問い返してきた。吉蔵が横から、

「主人十兵衛殿が目安箱に投書なさった一件につき、まいりました。お取次ぎを」

声を潜《ひそ》めた。手代は吉蔵の表情と目安箱という言葉、征史郎の巨漢にただならぬものを感じたのか、笑みを消し、

「畏れ入ります。少々お待ちください」

店に上がり、急ぎ足で番頭の帳場机に行き、耳打ちを始めた。番頭は顔をひょいと上げる。一瞬、征史郎の巨漢に驚きの表情を浮かべたが、視線が合うと、ぺこりと頭

を下げ手代に何ごとか耳打ちした。

手代は奥へ引っ込み、すぐに、

「どうぞ、こちらへ」

征史郎を土間伝いに奥へと導いた。

「若、わたしは店でお待ちしています」

吉蔵は小者の扮装をした自分が目安箱の投書について話し合う場にいることは良くないという判断を示し、店に残った。手代は吉蔵を店に上げ、茶の準備を丁稚《でっち》に言いつけた。

征史郎は手代の案内で奥に進んだ。奥は座敷が二つ並び、さらに進むと台所になっていた。

「狭い所で申し訳ございません」

手代は腰を屈めながら奥へと誘導し、途中行き交う使用人達は征史郎の巨漢に目を瞠《みは》りながらも稲穂のように頭を垂れてきた。

「こちらでございます」

台所を抜けると、中庭があり瓦葺屋根桧《ひのき》造りの平屋があった。

征史郎は平屋の玄関から廊下を辿り、庭に面した客間に通された。中年の男が入り口に控えている。

「両口屋十兵衛でございます」

十兵衛は両手をつき、丁寧な挨拶を向けてきた。

「拙者、花輪征史郎と申す」

征史郎は巨軀にふさわしい二尺七寸（約八二センチ）という大刀を鞘ごと抜き、右手に持った。

「どうぞ、こちらへ」

十兵衛に床の間を示された。床の間には水墨画の掛け軸、青磁の壺、象牙細工の香炉が飾られている。

「本日は、わざわざのお越し、まことにありがとうございます」

十兵衛は征史郎を前にすると再び頭を垂れた。縞格子の小袖、黒色の紋付と袴に威儀を正している。歳は三十路《みそじ》の中頃か。中肉中背ながら脂《あぶら》ぎった顔は精力的な働き者を想起させた。

女中が茶を運んで来た。十兵衛は女中が去るのを待ち、

「大それた投書をいたしまして畏れ入ります」

と、視線を向けてきた。

「ふむ。大それたと申せばその通りであるが、早速《さっそく》、そのほうが書き記した喜多方藩の御家騒動、いかなるものか聞かせてもらおう」

「はい。それが、その、失礼ながら、花輪さまのご身分は」

十兵衛は遠慮がちな上目使いをした。

「直参旗本千石、と申しても次男坊。部屋住みの身だ」

征史郎はぶっきらぼうに返した。

「そう致しますと、公方さまのお使いでいらっしゃるというのは」

十兵衛は、今度は両替をするように征史郎を推し量るような目を向けてきた。

「目安番だ」

征史郎は懐中から十兵衛の投書を出した。十兵衛は、

「そのような、御役職、御公儀にありましたかな」

小首をかしげながらも自分の投書を読み直した。

「ことがことであるだけに、表には出ぬ御役目なのだ」

征史郎は胸をそらした。その堂々たる態度と将軍しか目を通すことができないという目安箱の投書を見、

「なるほど。奥向きの御役目でいらっしゃいますか」

納得したようだ。

「しからば、話を聞きたい」

征史郎は茶を一口含んだ。

「はい、それではお話し申し上げます」

十兵衛は唇をきっと嚙むと、おもむろに語り始めた。

「てまえども、喜多方藩矢上さまとは浅からぬお取引をいただいております」

十兵衛は喜多方藩の台所事情が苦しいことを語り、

「矢上さまへ五万両をお貸し申しております」

言うと、

「五万両だと、まことか」

征史郎は牛のような目と口を大きく開けた。

「はい。まことでございます」

十兵衛はけろりと返してくる。

「何故《なにゆえ》、そのような借財を」

「ここ十年、冷害などで年貢米が思うように徴収できなかったこと、御公儀よりの普請命令に多額の金子《きんす》を要しましたことでござります」

喜多方藩は三年前、印旛沼《いんばぬま》の開拓工事を幕府から命じられ、莫大な出費を要した。

「それに加え、来春の紀美姫さまお輿入れでございます」

「なるほどな」

将軍の姫を迎える大名家の出費は並大抵のものではない。藩邸には姫のため専用の御殿が造作され、迎えるための朱塗りの門、いわゆる赤門が設備される。

「それが溜まりに溜まって、五万両か」

征史郎はうなずいた。

「そんな、台所のご事情故、矢上さまの御家中では藩財政の建て直しに躍起になっておられます」

「それはそうだろう。結構なことじゃないか」

「それが、そうでもありません」

十兵衛は顔を曇らせた。

征史郎は、

「何故だ、御家騒動が関係するのか」

口を開けると十兵衛は立ち上がって障子を開け、

「誰も部屋に入っちゃいけませんよ」

声を放った。女中、丁稚の、「はあ～い」という返事が返ってきた。

「今、矢上さまの御家中では藩の財政を建て直すのに二つの勢力が対立しているのです」

十兵衛は淡々とした口調になった。征史郎は黙って、話の続きを促す。

「一つは国家老飯尾監物《いいおけんもつ》さまを中心とする一派。いま一つは江戸家老東田左門《ひがしださもん》さまを中心とする一派でございます」

飯尾派は倹約を推進し、農地を開墾して年貢収入を高めたり、国許《くにもと》で生産される酒を江戸で拡販し運上金を得て借財を返済するというもの。

東田派は将軍家重の娘紀美姫を迎えることにより幕府との関係を強化し、幕府の援助で財政を建て直すというものである。

「すると、紀美姫さまお輿入れは江戸家老の東、と、ええっと、なんだっけ」

「東田左門さまです」

「その、東田左門が推進したんだな」

「さようにございます」

「なるほどな」

征史郎は納得したように一旦はうなずいたが、

「しかし、紀美姫さまをお迎えするのがどうして財政の建て直しになるのだ。御公儀に借財を求めるのか。御公儀の助けと申しても、多額の借財を帳消しにできるほどの、金子の用立てはむずかしいと思うが」

「確かにさようでございますが、公方《くぼう》さまの姫さまをお迎えするということは、そのほかに、大きな利がございます」

「大きな利とは？」

「公儀がお大名方、特に外様の大名方に下される御普請でございます。先頃の印旛沼の開拓には矢上さまは莫大な費用を要されました。こうした、荷役、普請が下されないようにするというのは大きな利でございます」

「ふ〜む、そういうことか」

征史郎は聞いた話を整理するようにしばらく黙り込んだ。やがて、

「しかし、両派とも藩の財政を建て直すという目的は一つなのだから、争うこともないと思うがな」

と、小首を傾《かし》げた。

「それはその通りでございますが、そこは人の世の常でございます。元々、飯尾さまと東田さまは水と油と申しますか、そりが合わないと申しますか」

十兵衛は顔をしかめた。

「話は分かった。つまり、御家騒動とはその両派の争いが激化して、刃傷沙汰《にんじょうざた》に及ぶかもしれん、ということだな」

征史郎は十兵衛を見据えた。十兵衛は身を乗り出し、

「その恐れはありますが、実はもう一つ困ったことが」

ため息を吐いた。

「なんだ?」

征史郎は身構える。

「もう一つと申しますより、この方が、よほど怖い」

十兵衛は目を伏せた。

「だから、なんだ。はっきり申せ」

征史郎は苛立った。十兵衛は征史郎の苛立ちをそらすように、

「花輪さま、これからおつきあい願えませんか」

「つきあうだと」

「はい。お忙しゅうございますか」

征史郎は暇を持て余しているのだが勿体《もったい》をつけるように、

「うむ。まあ、なんとかやり繰りできるだろう」

と、鷹揚に構えた。十兵衛はにんまりとし、

「ありがとうございます」

丁寧に頭を下げた。

「で、どこにつきあえばいいのだ」

「吉原でございます」

「吉原」

征史郎は茶を吹き出しそうになった。

「お嫌いで」

「いや、そういうわけではないが、喜多方藩の御家騒動と関係があるのか」

征史郎は顔をしかめて見せた。

「はい。大いに」

十兵衛は言うと、

「出かけますよ」

障子を開け、声を放った。

征史郎は吉蔵を呼び、十兵衛から聞いた経緯を告げ、忠光へ報告するよう命じた。そうしておいて、十兵衛と一緒に両口屋の裏木戸を出た。

「花輪さま、こちらへ」

十兵衛の案内で堀に繋《つな》がれた屋根船に乗り込んだ。船頭が待機している。

「少々冷えますが、しばしご辛抱ください」

十兵衛は火鉢を火箸で掻き混ぜた。船はゆっくりと進み、大川に出た。陽は高いが、吹きぬける風は冷たい。つい、火鉢に両手をかざす。

「この寒いのに、好きな連中が多いもんだな」

船にどっかと座り川面を見渡し、吉原を目指し競うように進む猪牙舟《ちょきぶね》を眺めた。中には、二丁艪といって、船頭を二人立てて先を急ぐせっかちな客もいる。

「こればっかりは、歳に関係なく、また身分に関係なく、男と生まれたら死ぬまでついて回ることでございます」

十兵衛はにんまりとした。

「違いないな」

征史郎は火鉢で手を炙《あぶ》った。

船は大川を北上する。やがて、左岸に公儀の御米蔵の四番堀と五番掘の間にある首《しゅ》尾《び》の松が見える。右岸は肥前平戸の藩主松浦《まつうら》家の屋敷の椎《しい》の木が見える。この松と椎は夫婦に例えられる。それから、左岸に駒形堂、吾妻橋を過ぎ、金竜山浅草寺の威容を左に、今戸橋を潜り、山谷堀に船を着けた。

それから、駕籠で通称土手八丁と呼ばれる日本堤を進み衣紋坂《えもんざか》を下った。ここで駕籠を降りると見返り柳に立ち、吉原の大門《おおもん》を見た。大門までの五十間ほどの道の両側には、編笠を貸す茶屋が軒を連ねている。十兵衛は、そのうちの一軒で編み笠を求め、

「花輪さま」

と、征史郎に渡してきた。吉原の中で武士は顔を隠す必要があった。このため、ここで編み笠を調達する。

「すまんな」

征史郎は編み笠を被り、ついつい高ぶってしまう気持ちを静めるように大きく息を吐いた。大門に到り、

「これは、美しい」

征史郎は嘆声を漏らした。

大門を潜ってすぐ、仲の町の真ん中に鮮やかに黄色に色づいた銀杏の大木が植えられている。

「ここには季節ごとに色づいた木が植えられます」

十兵衛は銀杏を見上げた。さらさらと、銀杏の葉が風に吹かれ舞い落ちる。

三

大門の左右に構えられる面番所《めんばんしょ》と四郎兵衛会所《しろべえかいしょ》を過ぎ、十兵衛は慣れた足取りで右手にある茶屋に入った。征史郎はここで大刀を預け、十兵衛と共に揚屋町の一軒の妓楼に上がった。間口七間はあろうかという大店《おおだな》である。佐野屋というのが店の名だった。十兵衛はすたすたと二階へ登る。征史郎は好奇心からついきょろきょろしそうになるのを堪《こら》え、うつむき加減に進む。

征史郎と十兵衛は塵一つ落ちていない廊下を進み、やり手の案内で二階の突き当たりの座敷に入った。二十帖ほどの広々とした座敷である。床の間があり、壁は金押しの障壁で飾られ、花鳥風月が鮮やかに描かれている。

「客は、我らだけであろう」

征史郎は確認するように十兵衛を見下ろした。

「さようで、ございます」

「ずいぶんと広々した部屋であるな」

言いながら征史郎は用意された席に座った。

やがて、幇間や芸妓が入ってきた。

「さあ、さあ、みんな、頼むよ」

十兵衛は言うと、賑やかな宴となった。征史郎も宴席は嫌いではない。いや、むしろ大好きである。楽曲が流されるに従い、自然と杯を重ねる。十兵衛は遊び慣れた所作で謡曲をうなり始めた。

と、賑やかな嬌声が聞こえた。

「ずいぶんと派手にやっているなあ」

征史郎は襖を見やった。

「始まったね」

十兵衛は横の芸妓に杯を差し出した。

「なんだ、お馴染みか」

征史郎は十兵衛を見た。

「花輪さま」

十兵衛は面白げに微笑むと席を立ち、征史郎を伴って襖の側に寄った。

「まったく、お好きな方で」

十兵衛は襖を開けた。廊下を隔てた座敷ではひときわ賑やかな声がする。

「知っているのか」

征史郎は聞いた。

「ええ、まあ」

十兵衛は思わせぶりに微笑むと、征史郎の耳元に口を寄せようとした。ところが、

「これ、どこじゃ」

襖が開き、錦の羽織、袴に身を包んだ若い侍が現れた。紫の布で目隠しをしている。侍は、両手を広げ廊下をうろうろと歩きだした。その先を芸妓や幇間が囃《はや》したてながら鬼ごっこをやっている。

「いずれかの大名か、旗本か」

征史郎は苦笑を浮かべた。

「喜多方藩御家騒動の元凶でございます」

十兵衛は表情を落ち着かせ、襖を閉めた。征史郎は、

「まさか、矢上の殿か」

「さようです。喜多方藩二十万石の御藩主矢上常陸介吉友さまでいらっしゃいます」

十兵衛は淡々と返事を返してきた。

「ふ〜ん、そういうことか。矢上さまは、ずいぶんと通っておられるのか」

征史郎は顔を曇らせた。

「ええ、それはもう」

十兵衛は表情を崩した。

「馴染みのこれでもいるのか」

征史郎は右の小指を立てた。

「はい。貴連川《きれがわ》という花魁《おいらん》でござります」

十兵衛が答えた時、

「ちょっと、旦那方。こっちで、飲みましょうよ」

芸妓が声を放ってきた。

「分かった。だがな、ちょっとだけ席を外しておくれ」

十兵衛は芸妓や幇間に小判を包んだ。芸妓達は満面に喜びを表し、しなを作って座敷を出た。座敷に征史郎と十兵衛はぽつんと取り残された。

「貴連川のこと、矢上家中で知る者は」

征史郎は席に戻ると、蒔絵《まきえ》銚子を手に杯を満たした。

「御側にお仕えする方々は、いや、藩邸では既に公然の秘密でござります」

十兵衛も手酌で杯を飲み干す。

「御家の台所が困窮を極めておる時、花魁にうつつを抜かし、浮かれ騒いでおるとは。とんだ、ば……、いや」

征史郎は、「馬鹿殿」と言おうとして口をつぐんだ。

「実は、矢上の殿さまから、三千両の借財を申し込まれたのです」

「三千両だと、貴連川とかいう花魁を身請《みう》けする気だな」

「さようにございます」

「馬鹿な。そんなこと、御公儀の耳に入ったらどうする」

「それで、ございます」

十兵衛は征史郎の傍らににじり寄った。次いで、

「そのことでございます。江戸家老東田さまも憂いておられます」

うつむいた。

「憂うどころか、婚儀は破談するぞ」

征史郎は苦笑を浮かべたまま杯を飲み干した。

「婚儀が破談すれば、どうなりましょう」

「そうさなあ、見当もつかんが、ただではすまないだろう」

征史郎は曖昧な言葉で濁した。

「漏れ聞くところによりますと、紀美姫さまのご婚儀を整えられたのは、大岡出雲守さま、とか」

「さあ、おれは知らんが。どこでそのようなこと聞いたのだ」

征史郎はそっぽを向き、杯を重ねた。

「これでも天下の通用を扱う両替屋でございます。御公儀や、お出入りさせていただいておりますお大名の事情、耳をそばだてておるのは当然でございます」

十兵衛は鯛の塩焼きに箸をつけた。

「なるほどな。商人も大変だ」

征史郎は薄く笑った。

「では、ご婚儀が破談になった場合、大岡さまは面目丸つぶれでございますな」

「そうであろうな」

「一方、矢上さまはどうなりましょう」

「そんなこと、おれには分からん」

征史郎も鯛に箸を伸ばした。

「御公儀としては、それなりの処罰をなさるでしょう」

「それなりの、というと」

「例えば、吉友さまはご隠居」

「あの若さでか」

「例えば、でございます。あり得ぬことではないと存じます」

「ほかに、どんなことが考えられる。まさか、改易《かいえき》ということはあるまい」

征史郎は鯛の身をほぐそうと箸を動かした。

「そうですな、それはないと信じたいですな」

十兵衛は顔をしかめた。

「ああ、そうか、おまえ、喜多方藩へ多額の金を貸しておるのだったな。御家に潰れられたんじゃ、莫大な損害だ」

「損害どころか、てまえどももこれでございます」

十兵衛は首に手刀を当てた。

「そうであろう」

征史郎もうなずいた。

「改易はないと信じたいのですが、減封のうえ転封ということは十分考えられます」

「それはあるかもな」

「考えただけで恐ろしゅうございます」

十兵衛は気を紛らわせるように杯を呷《あお》った。

「ところで、おまえ、なんで目安箱に投書なんかしたんだ。上さまの目に入っては大変であろうに」

征史郎は我に返ったように、きょとんとした顔をした。

「考えに考え、悩みに悩んだ末のことにございます」

十兵衛は立ち上がり、征史郎の膳の前に正座した。征史郎は思わず身構えた。

「たとえ、わたくしが投書しなくても、このような大事、早晩、御公儀のお耳に入ります。そうなっては、ことが公の醜聞となり、御公儀も何らかのご処分を喜多方藩に下さなければならないでしょう。御公儀の面子《めんつ》にかけて。ですが、畏れ多くも公方さまのお目に留まれば、穏便なご処置を下されるのではないかと、淡い期待を抱いた次第にございます」

「おまえの気持ち、分からなくもないが」

征史郎は視線を泳がせた。

「花輪さま、どうぞ穏便なご処置が下されるよう、お取り計らいくださいませ」

十兵衛は両手をつき、額を畳にこすりつけた。

「おいおい、やめてくれ」

征史郎は十兵衛の頭を上げさせ、

「穏便といってもなあ、どうすればいいんだか」

息を吐くと、

「すまん、ちょっと、小用へ」

立ち上がり廊下に出た。女中をつかまえ、雪隠《せっちん》を聞く。征史郎は、

「どうしたものか」

と、つぶやきながら雪隠に立った。すると、

「若、こって牛の若じゃござんせんか」

後ろで声がした。振り返らなくても、声を聞けば、

「おお、久蔵《きゅうぞう》か」

久蔵だった。頭を丸め、派手な小紋の着物に色違いの羽織、白足袋と見るからに幇間という男だ。

「へへ、こんな所でお会いするとは、奇遇でげすな。そんな、めかし込んで何しに

いらしたんで」

久蔵は征史郎の横で小用を足した。

「おまえこそ何してるんだ」

征史郎は手水《ちょうず》で手を洗った。

「これは、ご挨拶でげすな。あたしは商売でげすよ」

久蔵は派手な小紋の小袖の懐中から手拭を取り出し、征史郎に手渡した。

「そうだったな。おれは野暮用だ」

征史郎は手拭を返した。

「そら、野暮用には違いないでしょうがね」

久蔵は征史郎を品定めするように眺めていたが、

「まあ、聞くだけ野暮でげすな。若も隅におけないということで」

踵《きびす》を返そうとした。

「馬鹿、そんなんじゃないよ」

征史郎はあわてて引き止めた。久蔵は扇子をぱちぱち開いたり閉じたりしてから、

「明後日でげすよ。大酒飲み大会」

「ああ、分かってるよ」

「頼みますよ」

久蔵は鼻歌を歌いながら去って行った。

第二章　大酒飲み大会

一

征史郎が吉原の大門から出ると、まだ暮れ六つ（午後六時）を過ぎた頃だった。吉原はこれからが本番である。現に、征史郎と入れ替わるように大勢の男達が、夢見心地の顔つきで続々と吸い込まれて行く。

「よし、ご報告に行くか」

征史郎は忠光の屋敷に足を向けようとした。十兵衛は、駕籠を用意すると申し出てきたが、忠光の屋敷に向かったことが知られるのはまずい。それと、酔い覚ましを兼ね、日本堤をそぞろ歩きするのも悪くないと断った。

暮れなずむ日本堤はこれから吉原へ向かう男達で満ち溢れていた。皆、いそいそと大門を目指して来る。

征史郎は急ぎ足で歩き、浅草鳥越町に到った。右手に待乳山聖天《まつちやましょうてん》の森が黒々と見えてくる。酒で火照《ほて》った頬が大川を渡ってくる風で心地良く醒《さ》めていく。

と、待乳山聖天の方から、怒声がした。喧嘩か。

征史郎は反射的に日本堤の土手を駆け下りた。

「な、なんだ」

吉原通いで頭の中が一杯の連中が、土手を駆け下りる巨漢に驚きの目を向けてくる。

征史郎は土手を下りると、雑木林に踏み込んだ。杉や竹が無造作に群れをなす林の中を風が枝を揺らし、征史郎が足音を響かせる。征史郎は一気に林を走り抜けた。

すると、そこは田圃《たんぼ》が広がっていた。刈り入れを終えた田圃は黒々とした面を寂しげに現している。その田圃の畦道を一人の侍が男を追いかけている。男は、黒っぽい小袖を尻はしょりにし、手拭で頬被りをして征史郎の方に向かって走って来た。

「こら！　財布を返せ！」

侍は天にも届かんばかりの声を放った。征史郎は咄嗟《とっさ》に、

「待て！」

男の前に立ちはだかった。左の頬に大きな傷跡がある。男は、突如現れた巨漢に、

一瞬驚きの目を向けてくると、

「そらよ」

財布を空高く放り投げた。

征史郎は思わず、薄闇に覆われた空に財布の行方を追う。財布は雑木林に落ちた。

征史郎と侍は林に踏み込んだ。

その隙に、男は林を走り抜け日本堤に向かって走り去った。征史郎と侍は、雑草をかき分け財布を探す。しばらく、月明かりを頼りに夜目に慣れた四つの目での奮闘が続いたが、

「あった、これだろう」

征史郎の声が木枯らしに震えた。

「かたじけない」

侍はがっくりとその場に崩れ落ちた。

「さあ、検《あらた》めてくだされ」

征史郎は侍の傍《かたわ》らに屈んだ。

「まこと、かたじけない」

侍は顔を上げた。途端《とたん》に、

「木島《きじま》殿」

「花輪殿」

二人は同時に声を発した。

「いや、お助けくだされ、かたじけない」

木島幸右衛門《こうえもん》は立ち上がった。幸右衛門は喜多方藩の江戸定府《じょうふ》の藩士で御用方を務めている。征史郎とは奇《く》しき縁で結ばれていた。征史郎が忠光の命を受け、遂行した役目で、行きがかり上幸右衛門から愛馬を借り受けたのだ。征史郎はその愛馬のおかげで役目を成就できた。

「すりでござるか」

「はい。お恥ずかしい話、雑木林を抜け日本堤に行こうとしたところを、狭い畦道で先ほどの男と肩がぶつかったのでござる。もしや、と、思ったら案の定」

幸右衛門は財布の中を見た。

「ああ、やられた」

財布の中は小銭があるだけだった。

「あの、野郎め。ずいぶんと入っていたのですか」

「金はせいぜい二両ほどですが、印判を盗られたのが痛い」

幸右衛門は唇を噛んだ。

「それは、大変。追いかけましょう」

征史郎は走りだそうとしたが、袖口を掴まれ、

「いえ、それには及びません。それに、もう、無駄でござりましょう。諦めます」

征史郎と幸右衛門は並んで日本堤を歩いた。大柄の征史郎と五尺そこそこの幸右衛門は大人と子供が歩いているようだ。実直で古武士然とした幸右衛門はそれから何度も礼の言葉を並べ立てた。

「いや、拙者も木島殿には助けられましたからな」

征史郎は言ってから、

「そういえば、木島殿は喜多方藩矢上家の御家中でいらっしゃいますな」

思い出したように聞いた。

「いかにも。それが」

幸右衛門は笑みを向けてきた。

「いえ、その、良いところでしょうな。喜多方は」

征史郎はあわてて取り繕《つくろ》った。幸右衛門は顔中を皺《しわ》にして、

「良き所でござる。特に酒は旨《うま》いですぞ。機会あれば、花輪殿も国許にお連れしたい

ものです」

　征史郎を見上げた。

「ほう、そんなに旨いですか。聞いたことがありますぞ、喜多方藩では酒造りがさかんとか」

「よく、ご存知ですな」

　幸右衛門はうれしそうな顔をした。

「ええ、まあ、ちょっと、聞きかじったもので」

　そのうち、今戸の船着き場に出た。すると、

「木島さま」

　若い侍たちが数人、幸右衛門を待っていた。どうやら、ここで待ち合わせをしていたらしい。

「花輪殿、本日はまことにありがとうございました」

　幸右衛門は丁寧に一礼した。

「なんの、お身体大事に」

　征史郎は返した。

「一度、藩邸においでください。岩白《いわしろ》も喜びます」

岩白とは幸右衛門の愛馬である。

征史郎と幸右衛門は船着き場で別れた。

征史郎は矢上家の御家騒動を聞いた直後、幸右衛門との思わぬ再会を果たしたことに因縁めいたものを感じずにはいられない。屈託のない幸右衛門の笑顔の彼方に暗雲が立ち込めているのだ。


征史郎は番町の忠光の屋敷にやって来た。

書斎に通され、しばらくして忠光が現れた。

「ご苦労であったな」

征史郎は頭を下げると、

「事態は思った以上に深刻でございました」

「うむ。吉蔵から報告は受けたが、そのほう吉原へ連れて行かれたそうじゃな」

「はい。そこで」

征史郎は喜多方藩主矢上吉友が花魁にはまり込み、身請けまでしようと連日遊び呆けていることを語った。

「なんと、したことじゃ」

忠光の顔が歪んだ。

「お若いですからな」

「若いですむことか」

忠光は舌打ちしてから、

「そなたに言ったところで仕方ないことだが」

気を取り直すように表情を落ち着かせた。

「いかがすればよろしいでしょうか」

忠光は黙り込んだ。忠光といえど、即座に良い思案が浮かぶものではない。

「このまま様子をみましょうか」

征史郎はぽつりと言った。

「いや、それはならん」

忠光は、幕閣や大奥に吉友のことが知れれば、ただではすまなくなる。

「それも、そう時を経ずして聞こえるに違いない」

「それは、そうでしょうな。人の噂に戸は立てられぬもの。しかも、醜聞となれば尚更でござります」

「その通りじゃ」

忠光はつぶやくと、「困った」を連発した。

「江戸家老東田左門殿に会うとするか」

「会って、なんとされます」

「東田殿から諫《いさ》めてもらう」

「それで、常陸介さまのご乱行《らんぎょう》、鎮《しず》まるものでしょうか」

「なんとも申せぬ。ともかく、東田殿に会ってからじゃ」

忠光は良い思案が浮かばず、苛立たしげな語調になった。

対処を間違えれば、家重の面目はつぶれる。忠光は当然責任を取らねばならないだろう。御側御用取次の役職を辞することになるか。そうなれば、家重は片腕をもがれるのも同じである。いや、それ以上である。

なにせ、言葉の不自由な家重にとって忠光のみが言葉を理解できるのである。忠光を失うこと、すなわち言葉を失うことなのだ。

言葉を失えば、将軍職を全《まっと》うすることはできない。

今、苦渋の表情を浮かべる忠光の脳裏には、こうしたことが忙しく駆け巡っているに違いない。そして、その苦悩の先には、田安宗武の顔があるのであろう。

「では、これにて」

征史郎は一礼すると立ち上がった。忠光は、まだ思案を巡らすように会釈を返すのみだった。

二

その翌日、征史郎は日がな一日、久蔵と上野や浅草界隈の盛り場を冷やかした。番町の屋敷に戻った頃には既に陽がとっぷりと暮れていた。番町の屋敷は表三番町の通りに面し、下野《しもつけ》佐野城主堀田《ほった》若狭守《わかさのかみ》正寛《まさひろ》の上屋敷の向かい側である。両番所付の長屋門は直参旗本千石の威容を誇っていた。

裏門から入り、下中《げちゅう》長屋に向かう。夜の帳《とばり》が降りた屋敷の中は、木枯らしが欅《けやき》や桂の枝を寂しく揺らしていた。

征史郎は堅苦しい御殿に住むことを嫌い、下中長屋という足軽長屋に住んでいる。長屋はへっついや水瓶が置いてある土間と、八帖間、四帖半、物置からなり、竹垣を巡らせた十坪ほどの狭い庭があった。

「お帰りなさいませ」

同じ長屋に住む足軽添田《そえだ》俊介《しゅんすけ》の女房、お房《ふさ》が挨拶してきた。

「ああ、今、戻った」

　征史郎は言うと、自宅の格子戸に手をかけた。

「征史郎さま、殿さまが捜しておいででしたよ」

「そうか、分かった」

　征史郎は家の中に入った。冷んやりとした空気がよどみ、闇と相まって、なんとも言えぬ寂しさがただよっている。

「必ず、殿さまの所へ行ってくださいね」

　お房は念を押すように声をかけてきた。

「分かっておる」

「必ず、でござりますよ。お伝えしましたからね」

　お房は言うと、自宅へ戻った。

「やれやれ」

　兄が呼んでいるとなれば、

「また、説教か」

　征史郎は仰向けになる。

　今度も厄介な役目になりそうである。さすがの忠光も妙案が浮かばず苦悶していた。

どうすればいいか。

しばらく征史郎は目を閉じていたが、

「ま、考えてもしょうがないな」

やおら立ち上がり、羽織を脱ぎ捨て、征一郎が待ち構える御殿へと向かった。

征史郎は征一郎の待つ書斎に入った。征一郎は食後、執務を終えるとここで書見することを日課としている。

装飾の類《たぐい》が一切廃された八帖の部屋は、塵一つないほどの清潔感が保たれている。壁には書棚が並び隅には文机《ふづくえ》があり、横には見台《けんだい》があった。書籍から、筆記用具に至るすべてが、整然と乱れることなく定められた位置に置かれていた。

征史郎はこの部屋を、極めて整頓された部屋であるにもかかわらず、「ほこり臭い」と敬遠している。それは、征一郎の几帳面を通り越した神経質な性格が投影されていることへの征史郎なりの表現だった。

「遅くなりました」

征史郎は神妙な顔で征一郎の前に座った。征一郎は見台から振り返り、

「うむ。まったく、どこをほっつき歩いておったのじゃ、と今日は聞くまい」

口を開いた。行灯《あんどん》の淡い灯りに浮かぶ面長で落ち着いた顔は、いつもの厳しさが薄まり、心なしかやわらかさを漂わせている。説教されることを覚悟していた征史郎はわずかに戸惑いを覚えた。

「失礼致します」

襖越しに女の声がした。征一郎の妻志保《しほ》である。

「入れ」

征一郎に声をかけられ、志保は入ってきた。歳は征一郎より七つ下の二十八歳、二男、三女の母である。そのうえ、

「姉上、お腹にさわりますよ」

征史郎が心配したように、第六子を身籠っている。

「大丈夫です。五人も産んでおるのですよ」

志保は笑みを浮かべ征一郎の横に座った。小袖には黒地に金糸で鶴の絵柄が裾模様に描かれている。紅の帯はお腹の子のため緩《ゆる》めに締めていた。

「ご夫婦、お揃いでわたしにご用、とは何ごとですかな」

征史郎はおどけるように頭を掻いた。征一郎は志保を促した。すると、女中頭のお清《きよ》が茶と羊羹を運び三人の前に置いた。

「征史郎、まあ、茶など飲んで話すと致そう」

征一郎は茶を飲んでみせた。征史郎は羊羹に手を伸ばし、

「いただきます。して、兄上」

「うむ。その、なんじゃ」

征一郎は珍しく、言葉を濁らせると志保に目配せした。

「では、わたくしから」

志保は微笑みをたたえたまま、

「征史郎殿、どなたか好いたお方がおいでなのではございませんか」

「ええ、そんな、何を」

征史郎は口ごもった。征一郎は横を向いている。

「どうなのです」

「姉上、何を根拠にそのようなこと」

征史郎は手にした羊羹を皿に戻した。

「今まで、色々と縁談がありましたが、どうも乗り気でないというか」

志保は征一郎に視線を送った。征一郎は、

「どうなのじゃ」

心持ち大きな声を出した。

「その、もしも好いたお人がいるのなら、無理に縁談を勧めることは征史郎殿を苦しめることになりはしないかと、それが気がかりなのです」

志保は征史郎を気遣った。

「はあ。それは、ご心配おかけし申し訳ございません」

「どうなのじゃ」

征一郎は苛々《いらいら》しだした。こうした話は苦手なのだろう。

「いえ、そのような女子、おりません」

征史郎は茶を飲み干した。

「しかと、相違ないのじゃな」

征一郎は詮議のような声音《こわね》になる。

「はい」

征史郎は胸を張ってみせた。

「ならば、縁談に対し、真面目に取り組め」

征一郎は口をへの字にした。この時代、武家の縁談は本人の意思が反映されるようなことはほとんどない。部屋住みの征史郎にとって、縁談とはしかるべき武家の娘の婿養子となることを意味する。しかるべき武家とは、身分、家禄で均衡が取れる家柄ということだ。

ただ例外はある。何を隠そう、征一郎と志保の夫婦がそうだ。

志保は表向き、小姓組組頭尾野《おの》喜重郎《きじゅうろう》の娘として花輪家に輿入れして来た。ところが、志保の実家は日本橋室町にある呉服問屋三州屋《さんしゅうや》である。直参旗本の嫡男征一郎が、たとえ大奥出入りも許された大店とはいえ、商人の娘を嫁に迎えたのには父征《せい》左衛門《ざえもん》が関係している。

征左衛門は征一郎の出世を願った。直参旗本の嫡男として生まれた者が出世の階段を歩みだすのは、まず御番入りといって、大番、書院番、小姓組、新番、小十人組のいずれかに配属されることから始まる。特に、書院番と小姓組は両番といって最も格式が高い。

この御番入りの際に征一郎が両番に配属されるよう征左衛門は莫大な金品を使った。要所、要所へ金品を贈ることは、「御番入り吟味」にはつきものである。その金品を調達するのに、出入りの三州屋に目をつけたのだ。三州屋は、娘の志保が花輪家に嫁入りすることを条件に、金品を用立てた。

征左衛門の運動と自身の精進により、征一郎は晴れて書院番に配属された。約束通り、志保は尾野喜重郎の養女となり征一郎の妻となった。それを見届け、征左衛門は死去した。

征史郎は、「真面目に取り組む」ということが妙におかしかったが、そんなことはおくびにも出さず、

「かしこまりました。では、これにて」

真面目な顔をして一礼すると席を立った。征一郎は何か言いたげだったが、口をつぐむと見台に向き直った。

「お待ちください」

志保も書斎から出てきた。

「はあ」

征史郎が振り返ると、

「ちょっと、よろしいですか」

志保は征史郎の返事を待つことなく、玄関脇の控えの間に入った。征史郎も仕方なく入る。

「すみません、ぶしつけな真似をしまして」

志保は正座した。征史郎も前に座る。月明りが障子越しに差し込むが、闇が広がる

ばかりだ。かすかに、志保の匂い袋が甘くただよっている。

「征史郎殿、まことは、好いておられるお人があるのでは」

志保は改めて問いかけてきた。

「姉上、何故、そのように思われるのです」

征史郎は威儀を正した。志保は征史郎の表情を窺《うかが》っているようだ。

「わたしが、縁談に不熱心だからですか。しかし、それは、お見合いといった、堅苦しい場が苦手な性分なもので、そのように映るだけなのです。今度は、兄上からも申されましたように、ちゃんと真面目にやりますので」

征史郎は頭を下げた。志保は黙っていたが、

「実は、殿には申し上げておりませぬが」

前置きをして、

「昨日、藤蔵《とうぞう》が征史郎殿をお見かけしたと申すのです」

藤蔵とは志保の実家三州屋の番頭である。

「なんだ、声をかけてくれればよかったのに。何処でです?」

「吉原です」

志保は即座に返してきた。

三

（見られていたのか）

征史郎は思わず顔をしかめた。闇の中、その表情は見られていないとしても素振りで動揺の様子は明らかだろう。藤蔵は出入りの酒問屋の主人の接待で登楼した。その際、征史郎が大門から出て来るのを見たという。

巨漢の征史郎を見間違えるはずはなかった。藤蔵は声をかけようとしたが、得意先と一緒であり、征史郎の方も足早に去ったのでかけずじまいだったという。

「まさか、吉原に想い人がいるのではないでしょうね」

志保の声音は心持ち暗くなった。

「そんなことはありません。断じて、そんなことは」

征史郎は大きく手を振った。

「信じてよろしいのですね」

「はい。断じてそのようなことは。なんだ、姉上も余計なご心配を。あはは」

征史郎は、あぐらをかいた。志保は黙っていたが、

「それなら、よろしいのです」

と、やれやれというようにくすりとした。

「大体、わたしが吉原なんぞへ通えるわけがございません。どこにそんな金が」

「ですから、余計心配になったのです。では、昨日はどうなさったのです」

「ああ、それは、ちょっとした知り合いに連れられ」

「ちょっとした知り合いですか、悪いお仲間じゃないでしょうね」

「ええ、それはそうです」

「本当ですね」

志保は声を潜め、

「征史郎殿は町方で行われる、大会、そう、饅頭やら米やらをめったやたらと食することを競う大会に出場なさっておられますよね」

「ええ。実は明日も、大酒飲み大会があるのです」

征史郎がけろりと返すと、志保はため息を吐いたが、すぐにおかしそうに肩を揺すり、

「分かりました。征史郎殿を信用します。そのような大会で得たお金でもしや吉原へ、と思ったのですが」

志保は征史郎の屈託のない明け透けな態度を見て安心したようだ。

征史郎は志保の身体をいとい、御殿から出た。


翌朝、征史郎は下谷山崎町《したややまざきちょう》にある無外流坂上《さかがみ》道場に足を向けた。坂上道場へは、十歳の頃入門した。先代の道場主弥兵衛《やへえ》は征史郎にとって剣のみならず人生の恩師である。体格に恵まれ、力任せになっていた征史郎の剣を矯正した。

剣ばかりではない。部屋住み仲間とすさんだ暮らしをしていた征史郎を、剣を通じて更正させたのだ。

その弥兵衛は昨年亡くなり息子の弥太郎《やたろう》が跡を継いでいる。

弥太郎は征史郎より一歳下の二十四歳、誠実で温和な人柄である。剣と真摯《しんし》に向かい合うその姿勢は、征史郎ならずとも頭が下がる。

実は、征史郎が大食い大会に出場したり、目安番の仕事を引き受けたのは、坂上道場が大いに関係する。

弥兵衛の一周忌法要がすんだあと、師範代海野玄次郎《うんのげんじろう》が門弟の半数以上を引き連れ独立した。折りしも、五百両を費やして道場を増改築したばかりのことだった。多額の借財の返済に役立てようと征史郎は大食い大会の賞金、目安番の報奨金を提供しているのだ。

「御免」

征史郎は道場の玄関に入った。

五十帖ほどの板敷きには弥太郎が一人木刀で型の修練をしていた。まだ、門弟は来ていない。

「征史郎殿」

弥太郎は笑顔を向けてきた。

「一番、やりますか」

征史郎は板敷きを踏みしめ弥太郎に歩み寄った。弥太郎は、

「そうですね。ですが、今日はその前に」

征史郎から視線をそらし、玄関を見た。

「いかがされた。何かご用でも」

征史郎はいぶかしんだ。

「ええ、少々、おつきあいください」

弥太郎は一礼すると征史郎を伴い、玄関を出た。母屋に向かう。格子戸を開け、玄関に入った。

「早苗《さなえ》、征史郎殿がお越しだ」

弥太郎が声を放つと、

「ようこそ、お出でくださいました」

早苗が現れた。桃色地に菊の花柄の小袖に身を包み、勝山髷《かつやままげ》に銀の花簪《かんざし》を挿《さ》している。雪のような瓜実顔《うりざね》に匂い立つような笑みを広げていた。

征史郎が縁談に乗り気でない本当の理由は早苗である。征史郎にとって早苗は、この世でただ一人の憧れの女である。早苗の笑顔を見ることは征史郎にとっては何よりも嬉しい。生き甲斐といっていい。が、早苗の存在は誰にも話してはいない。

そして、早苗にも気持ちを伝えてはいない。

早苗は廊下を進み、庭に面した居間に導いた。

「今、お茶をお持ちします」

早苗は一旦、下がった。

庭は狭いながらも手入れが行き届き、楓の葉が朱色に色づき葉を散らせている。

「そうだ、先生にご挨拶を」

征史郎は立ち上がり、廊下を奥に進んだ。仏間があり、黒檀《こくたん》の仏壇が置かれている。

征史郎は仏壇の前に正座し、両手を合わせた。

（先生、今、わたしは御公儀の仕事をしております。お信じにはならないでしょう。おまえのような暴れん坊が何をやっておるのだ、と驚かれますか）

征史郎は恩師の位牌に語りかけた。心が静まり、おごそかな気分に浸る。

（それから、この分ですと、道場の借財も早く返せそうです）

征史郎は深々と頭を下げ居間に戻った。

既に、茶と御手洗《みたらし》団子が用意されていた。弥太郎と早苗が正座して待っていた。

「どうされた、そんな、かしこまって」

征史郎はどっかと座ると、頰を緩めた。

「征史郎殿、このたびは、五十両という法外な金子《きんす》をお届けくださり、まことにありがとうござります」

弥太郎は深々と頭を垂れた。早苗もそれに合わせ頭を下げる。

「あ、いや。そんな、何を改まって。わたしは、自分の勝手で行っておるだけです。いや、せめてもの先生への恩返しでござる」

征史郎は腰を浮かせた。

「ですが、いかにも法外な金子。これまで、征史郎殿が大食い大会で得られて届けてくださる賞金とは桁《けた》違いでござります」

弥太郎は征史郎が届けた五十両が包まれた袱紗《ふくさ》を前に置いた。

「どういうことでござる」

征史郎の顔から笑みが消えた。

「その、征史郎殿、このような大金、いかがされた」

弥太郎は申し訳なさそうな顔になった。

「弥太郎殿は、わたしが不正を働いて得た金と申されるか」

征史郎は静かに言葉を発した。

「いえ、そんなことは」

弥太郎が舌をもつれさせると、

「征史郎さま」

早苗が身を乗り出した。表情からはやわらかさが消え目元が憂いを帯びている。征史郎はゆっくりと早苗に向いた。

「兄上もわたくしも、征史郎さまがどのようなお方かよく存じております。不正を行うようなお人ではないと、よく分かっております。それ故、このような大金を得るにはどのようなご苦労を、どのような危ない目に遭われたのか、と、それが心配なのでございます」

早苗は訴えかけるように声を振り絞った。

「そうです。征史郎殿、わたしたちのために、もし、命に関わるような危ないお仕事をなさっておられるとしたら、お止《や》めいただきたい」

弥太郎も声を振り絞る。征史郎は二人の顔を交互に見ていたが、

「なあ〜んだ。そんなことですか」

顔中に笑みを作った。弥太郎と早苗は虚を突かれたように口をつぐむ。

「そんなことなら、お気遣い無用でござる。決して不正などに手を染めておるわけでも、危ない目に遭いながら得た金でもござらん」

不正に手を染めていないのは本当だが、危険な目に遭わないというのは嘘だ。それどころか、目安番の仕事は命がけなのだ。現に、この五十両もまさに命がけで役目を遂行して得た金である。

早苗も弥太郎も表情が和《なご》んできた。

「実は、具体的には申せませんが、御公儀のさるお方のお仕事を手伝うようになったのです。これは、その支度金代わりに頂いたもの」

「ほう、そうですか。お名前はお聞きせぬ方がよろしいのですね」

弥太郎は早苗を見た。早苗は、

「どのような、お仕事なのですか」

「ええまあ、ちょっとした、使い走りと帳面つけです」

征史郎は筆を走らせる格好をした。早苗は、

「まあ、征史郎さまが帳面つけですか」

と、口にしてから、

「これは、失礼なこと申しました」

と、顔を赤らめた。

「いや、実際、帳面つけは苦手でしてな。やたらと肩が凝って困ります」

征史郎は肩を叩いた。

「そうですか」

弥太郎は笑みを浮かべた。

「そういう次第ですから、どうぞ納めてくだされ。武士が懐から出した物、引っ込めるわけにはいきません。それに、そんな大金、わたしが持っていたらろくなことに使いません」

征史郎は早口になった。

「では、遠慮なく」

弥太郎は早苗を見た。早苗は両手をついた。

「では、わたしは、これで。今日は大酒飲み大会がございますので」

征史郎は立ち上がった。

「せっかく、稽古にまいられたのに、わたしが下らないことを気にしたばかりに」

弥太郎は恐縮した。征史郎は、

「また来ます。そうだ、大酒飲み大会の優勝賞金を持って来ますよ」

言うと、

「この五十両で当分大丈夫です。それは、征史郎さまがお使いください」

早苗が返した。

「まあ、取らぬ狸の皮算用ですが」

征史郎は玄関に向かった。早苗が見送りに来て、

「本当に、危ないお仕事はなさらないでくださいね。わたくしも兄上も、征史郎さまのお心だけで十分なのです」

心配げな眼差しを送ってきた。

「大丈夫です」

征史郎はこみ上げる早苗への思慕の念を笑顔に込めた。

その頃、両口屋の客間で十兵衛は一人の侍を迎えていた。

「まずは、一石投じました」

十兵衛は目安箱への投書から征史郎を吉原へ連れて行ったまでを話した。

「ふむ、それでよい。幕は開いたな」

侍は満足げに微笑んだ。

「なにせ、てまえどもも命がけの仕事でございますからな」

「大丈夫じゃ。入念なる企て、心配致すな」

侍は鷹揚にうなずいてから、

「ところで、上さまの使いでまいったという旗本」

怪訝な目をした。

「はい、目安番とか申されました。奥向きの御役目だと」

「目安番、はて、そのような役目、御公儀にあったか」

侍は視線を宙に泳がせ、

「ひょっとして、大岡出雲の手の者か」

眉を寄せた。

「何か、心配ごとでも」

「いや、なんでもない。出雲ずれがどう動こうが、今回の企てに支障ない」

侍は笑みを広げた。

四

昼八つ（午後二時）を迎え、征史郎は日本橋浮世小路にある高級料理屋千川に着いた。大酒飲み大会の会場である。玄関で大刀を預け、会場である二階の大座敷に案内された。二階は襖が取り払われ五十帖の広々とした座敷になっている。

既に、出場者と見物人が詰めかけていた。

「いよ、こって牛の若」

幇間の久蔵が扇子をぱちぱちさせながら近づいてくる。

「おお、どうだ。今日の集まり具合は」

征史郎は辺りを見回した。座敷の壁には仰々しい横断幕が張り巡らされ、出場者のために白木で作られた台が運び込まれている。台の上には畳が敷かれ、座布団が五枚置かれていた。

出場者は五人ということか。

見物人は、店者《たなもの》、職人、侍などが混在している。

「へへへ、これ」

久蔵は懐中から小判で百両の切り餅を出して見せた。

「集まったな」

久蔵は征史郎が出場する大会で賭け金を募っている。募った賭けのうち、優勝した場合に一割が征史郎に還元される。

「あちらに」

久蔵は爪先立ちとなって征史郎に耳打ちした。征史郎が視線を向けると、座敷の真ん中辺りに陣取った見物人から歓声が上がった。賭け主の商人たちだ。征史郎も片手を上げ挨拶すると、

「じゃあ、あとでな」

出場者の席に向かった。

「どうぞよろしくお願い申し上げます」

千川の主人光右衛門《みつえもん》がにこやかに挨拶を向けてきた。初老の恰幅のいい男だ。光右衛門は征史郎を出場者席の真ん中に案内した。既に、三人が待ち構えていた。千川の

印半纏を着た鳶《とび》職風の男、相撲取り、大店の主人といった風の中年男である。

征史郎は相撲取りとは面識がある。こうした大会でたびたび顔を合わせてきた好敵手だ。仙台藩伊達家のお抱え力士百川為五郎《ももかわためごろう》である。為五郎は征史郎を見るとニヤリと凄みのある笑顔を送ってきた。征史郎も、

「よう」

と、片手を挙げ会釈を返す。

「ええっと、皆さん。もう少し、お待ちください」

光右衛門はあと一人が間もなくやって来ると告げた。

征史郎はちらりと視線を出場者に送った。鳶職は筋骨隆々の中年男だ。いかにも頑丈そうな身体である。酒焼けといっていいほどに赤ら顔をしていた。見るからに酒大好きといった風だ。

大店の主人はでっぷりと肥え太り、これまたお酒大好きを顔中で表していた。この二人は、酒は好きで日頃から大酒飲みで知られているのだろうが、敵ではないだろう。勢いで飲む連中だ。

すると、やはり敵は、

「百川為五郎か」

征史郎はつぶやいた。すると、

「お待たせ致した。遅れて申し訳ない」

聞き覚えのある声がした。

「木島殿」

征史郎は思わず驚きの表情を浮かべた。

「おお、花輪殿か」

幸右衛門はにこやかに挨拶すると、座布団に座った。

「では、出場の皆さまが揃いましたので、始めたいと存じます」

光右衛門が言うと、太鼓が打ち鳴らされた。見物人から歓声が上がる。久蔵は扇子を振りながら声援を送ってきた。

「では、今日の大会につきまして簡単にご説明申し上げます」

光右衛門は見物人と出場者を見回した。その間に、各々の出場者の前に酒で満たされた一升枡が置かれた。

「本日、お酒を提供してくださったのは南茅場町《かやばちょう》の酒問屋利根屋《とねや》さんです」

光右衛門は見物席の最前列に座る中年の男を紹介した。利根屋は立ち上がり、

「利根屋文蔵《ぶんぞう》でございます。本日は、一合でも多く召し上がっていただけますよう、

見物席に向かって、おどけた仕草をして見せた。

「け、地廻りの酒か」

「安くあげるな、千川も」

見物席から囁きが漏れた。この時代、江戸の酒問屋は下《くだ》り酒といって上方《かみがた》産の酒を扱う問屋と、地廻りといって関東産の酒を扱う問屋に分かれていた。地廻りの酒は、「安かろう、まずかろう」と蔑《さげす》まれていたように、人気の面で下り酒に遠く及ばない。

「続きまして出場の皆さまをご紹介申し上げます」

光右衛門は、出場者を紹介していった。

征史郎のほか、千川出入りの鳶の頭《かしら》で政五郎《まさごろう》。神田小川町の煙草屋で砧屋《きぬたや》金蔵《きんぞう》。仙台藩伊達家のお抱え力士百川為五郎、喜多方藩矢上家の御用方木島幸右衛門だった。

「本日は、半時の間にどれだけ飲めるかを競っていただきます。優勝者には、てまえどもから金十両と五両のお食事切手。利根屋さんから金五両の酒切手が贈られます」

光右衛門が言うと、見物席が沸《わ》いた。

「さあ、皆さん、まいりますよ」

光右衛門が言うと合図の太鼓が鳴らされた。

「頭《かしら》がんばれ」

「旦那、いつもの調子で」

「百川、藩の面目がかかっておるぞ」

「木島さま、しっかり」

と、各々の応援者から声援が上がった。征史郎はというと、もちろん久蔵が、

「こって牛の若」

扇子をひらひらと振り回したうえに、「こって牛の若、日本一」と大書された横断幕も用意する念の入れようである。

出場者は皆、予選を勝ち抜いてきた歴戦の兵《つわもの》だ。みるみる一升枡を空けていく。たちまちにして、席の前が枡の山になった。

「もっと、大きいのはないのか」

為五郎はほんのり桜色に火照った顔を光右衛門に向けた。

「申し訳ございません。皆さま、一升枡で競っていただきます」

光右衛門は丁寧に返す。

脇で、千川の使用人たちが一斗樽から柄杓《ひしゃく》で一升枡に次々と酒を注いでいる。それを襷《たすき》掛けの仲居が忙しげに出場者の席まで運んだ。

征史郎と為五郎、幸右衛門が一斗を飲み干したところで、砧屋が苦しげな顔をし、席を立った。

「おや、砧屋さん。脱落でございます」

光右衛門が言うと、太鼓が一つ打ち鳴らされた。砧屋の使用人と思われる男たちが二人、主人のもとに駆け寄り、

「旦那、しっかり」

両肩を抱え上げ会場から出て行った。

次いで、

「頭、もう、その辺で」

見物席から悲鳴が上がったように政五郎がひっくり返った。一升枡が八つ積み上げられていた。

やはり、百川為五郎が残った。

が、予想外なのは幸右衛門である。幸右衛門はあぐらをかき、どっかと腰を据えて悠々と枡を傾けている。既に、二斗以上を積み上げていた。その表情からは、酒を心から楽しむ余裕さえ感じられる。

「ええい、二つずつ持って来い」

為五郎は顔を真っ赤にして叫んだ。仲居がその勢いに気圧《けお》され、二つ運んで来る。

為五郎は、何ごとかわめきながら次々と飲み干した。

「さあ、もうすぐで終了ですよ」

光右衛門が言うと、ひときわ大きく太鼓が鳴らされた。

「ああ、うう」

為五郎はわめき声を上げると仰向けにひっくり返った。二斗五升だった。

この時点で征史郎は二斗四升、幸右衛門は二斗六升である。

「よし、三つ持って来い」

征史郎は最後の勝負に出た。仲居が運んで来た三升の酒を一息に飲み干していく。

幸右衛門も最後の勝負とばかりに速度を上げた。

「はい、終了です」

終了を告げる太鼓が鳴らされた。

「おお」

地鳴りのような声がした。

「では、検《あらた》めます」

光右衛門は出場者の前に積まれた一升枡を数え上げた。

「ええっと、頭が一斗丁度、砧屋さんが八升、百川為五郎関は二斗六升、そして、木島さま二斗八升、花輪さまも同じく二斗八升、ああ、同じですね」

光右衛門は席の前に積まれた空枡を指差した。

歓声が上がった。

「まったく、だらしない奴だ」

仙台藩の藩士たちは為五郎に罵声を浴びせて会場をあとにした。すると、

「あ、いや、待たれよ」

幸右衛門が右手を挙げた。声音にはほろ酔い機嫌の暢気《のんき》さが感じられる。

光右衛門が側に寄ると、

「わしの負けじゃ、ほれ」

幸右衛門は自分の枡と征史郎の枡を比べた。

「わしは、三合あまり。花輪殿は、五合は飲んでおられる」

幸右衛門が言ったように征史郎が持つ枡は半分の酒しか残っていない。

「つまり、わしは二斗八升と三合。花輪殿は二斗八升と五合じゃ」

幸右衛門はにんまりした。

「まあ、そんな細かいことは」

征史郎は右手を挙げたが、幸右衛門は、

「負けは負けでござる」

頑として譲らなかった。

こうして、征史郎は見事優勝を果たした。勝利の美酒の快感と幸右衛門の実直さが心地よい酔いと共に胸に残った。

第三章　喜多方誉れ

一

大酒飲み大会優勝の日、さすがの征史郎も、

「優勝祝いにぱっと行きやしょう」

久蔵の誘いに乗る気はしなかった。久蔵の誘いは後日と受け流し、

「ちと、花輪殿に是非ともご賞味願いたい、酒がござる」

という幸右衛門の言葉に興味を覚えた。

「さすがに、今日というわけにはまいらぬでありましょうから、明日にでも」

幸右衛門は喜多方藩の上屋敷に征史郎を招きたいと申し出てきた。

「それは、楽しみですな」

征史郎は幸右衛門ほどの酒豪が自慢する酒の味と、両口屋十兵衛から聞いた喜多方藩における酒造奨励を重ね合わせ、明日の訪問を約束した。

という次第で、征史郎は翌日の昼下がり大手御門外にある喜多方藩上屋敷を訪れた。大名小路といっていいほどに軒を連ねる屋敷の中にあっても、喜多方藩邸は両番所、唐破風造りの国持ち大名の威厳を備えた堂々たる門構えで、訪れる者を圧倒する。

征史郎は表門をいかめしげに固める門番に、用件を伝えた。すぐに、潜り戸が開き、

「よう、まいられた」

幸右衛門の笑顔に迎えられた。

「お招きにあずかり恐縮でござる」

征史郎は巨軀を折り曲げ潜り戸に身を入れた。

「こちらでござる」

幸右衛門は門を入って右手の築地塀《ついじべい》越しに連なる長屋に向かった。枝振りのいい松が所々に植えられ、長屋の瓦がやわらかな日差しを受け黒光りしている。

「なにぶんにも、男の独りの暮らし故、大したもてなしはできぬが、酒だけはたっぷりとござる」

幸右衛門は頬を緩めた。

「いや、かえって恐縮でござる」

征史郎は幸右衛門に導かれ、格子戸を開けた。土間を隔てて、六帖と八帖の部屋があった。掃除の行き届いた家の中は、同じ男所帯といっても征史郎の家とは大違いである。

「ささ、これへ」

幸右衛門は八帖間に導いた。小机、行灯、行李といった家財道具のほか、

「あれは、家内でござる」

幸右衛門が言ったように木箱の上に位牌と一膳の飯、線香が供えられていた。

「そうですか、いつ亡くなられたのです」

「もう、三年になりますな」

幸右衛門は三年前に妻を亡くし、今では息子夫婦が国許にいるのだという。

「では、ご位牌に」

征史郎は木箱の前に座って両手を合わせた。

「早速でござるが」

幸右衛門は土間に降り立った。水瓶が二つ並んでいる。そのうちの一つに酒が入っ

ているようだ。大きめの徳利に柄杓で注ぎ、茶椀と一緒に運んで来た。

「これを」

征史郎は手土産《みやげ》を出した。

「おお、湯葉味噌ですか。これはよい。酒の味が一段と引き立つというもの」

幸右衛門は目を細め、

「まずは一献」

徳利を持ち上げた。征史郎は茶椀で受ける。

「いただきます」

征史郎は右手で頭上に掲げ、まずは鼻先に持ってきた。

「うむ」

思わず言葉が漏れたように、芳醇な香がする。匂いをかいだだけで名酒の予感に打ち震えそうだ。しばらく香りを楽しみ、

「いざ」

口中が生唾で満ちた頃合をみて、征史郎は口に運んだ。まず、一口含む。さらりとした舌触り。それがやがて、深みのあるまろやかな味わいになり、喉を通ると五臓六腑に染み渡っていく。

あとは、我慢できなかった。

ゆっくり味わう余裕などできないほどに残りを一気に飲み干した。そして、今度は、

「ふう～う」

腹の底から歓喜のため息が漏れた。

「いかがです」

幸右衛門は征史郎の飲みっぷりに頰を綻《ほころ》ばせた。

「いやあ、旨《うま》い」

征史郎は舌鼓を打ち、うなった。

「それは、よかった」

幸右衛門は小躍《おど》りせんばかりに徳利を持ち上げ、征史郎に酌をした。

「いや、わたしばかりが飲んだのでは」

「なんの、せっかくお越しくだされたのじゃ」

幸右衛門は嬉しくてたまらない様子である。

それから、二人は湯葉味噌を肴《さかな》に心行くまで酒を酌み交わした。ほろ酔い加減になったところで、

「この名酒、名はなんと申される？」

征史郎が聞いた。

「喜多方誉《ほま》れと先代の殿さまよりお名前を頂戴しました」

幸右衛門はしげしげと茶椀に注がれた酒を見下ろした。

「喜多方誉れ、なるほど。まさしく喜多方藩の誉れと呼ぶにふさわしい味わいでござるな。醸造にさぞや、ご苦労されたのでありましょうな」

幸右衛門は大きくうなずくと、

「五年越しの仕事でござった」

と、苦労話を始めた。藩御用達の酒問屋、造り酒屋が一体となって醸造したという。先代藩主継友《つぐとも》自ら、造り酒屋に足を運び、職人たちを激励し、試飲して完成を待ち望んだという。

「殿さまに御賞味願いたかったものです」

幸右衛門はしんみりした。

「継友さまは、出来上がる前にお亡くなりになられたのですか」

「はい。昨年です。家督はその前から、三年前ですが吉友さまにお譲りになっておられたのですが」

「それは、残念でしたな」

「それだけが心残りでござる」

幸右衛門は味わうように喜多方誉れを口中に含んだ。

「今の殿さま。吉友さまはなんと申されておられるのです」

征史郎は吉友の乱行を思い出した。幸右衛門はわずかに顔を曇らせた。

「殿は、酒はお好きでござるが、もっぱら、江戸の酒が性に合うようでござる」

言ってから、

「次は、燗《かん》をつけましょう。いい酒というものは、燗が旨くなければなりません」

話題をそらすように土間に立った。

(なるほど、江戸の酒の方が性に合うか)

幸右衛門の言葉と所作は吉友乱行が家臣にも知れ渡っていることを暗示していた。

「これほどの名酒、江戸でも大いに飲まれるでしょう」

「そうだといいのですが」

幸右衛門はちろりに喜多方誉れを注ぎ燗の仕度にかかった。

「江戸の酒と申しても、多くは上方からの下り物でござる。喜多方誉れは灘《なだ》や伏見の銘酒にも劣りませんぞ」

「酒豪の花輪殿に誉められ、大いに自信がつき申した」

幸右衛門はちろりと猪口《ちょこ》を持って来た。

「さあ、どうぞ」

征史郎は猪口で受け香りを楽しんだ。

「うむ。よい香りだ。癖がなくて、ほんのりと身体に沁み込んでいくようだ」

征史郎は言ってから、ゆっくりと口中に流し込み、

「旨い、燗もいけますな」

破顔させた。幸右衛門は湯葉を少し舌にのせ、喜多方誉れを口に含んだ。

「うむ。肴にも合う」

幸右衛門の自賛は決して嫌味に取れない。

「こんな、名酒なら、さぞや江戸の酒問屋からも引く手数多《あまた》でしょう」

征史郎が言うと、

「いや、なかなか」

幸右衛門は首を振った。これまで、様々な酒問屋を回ったが取り扱いを了承してくれる問屋はないという。

「問屋ども、酒の味が分からんか」

征史郎は顔をしかめた。

「いや、というより、喜多方誉れを扱うことで上方から酒が入らなくなることを敬遠しておるのです」

幸右衛門は言った。征史郎は、

「なるほど、商いとは」

と、言いかけて、

「そうだ、わたしの知り合いの商人に酒問屋を紹介させましょう」

志保の実家三州屋の番頭藤蔵に得意先の酒問屋を紹介させようと思った。

二

征史郎が喜多方誉れに舌鼓を打っていた時、大岡忠光も喜多方藩邸を訪れていた。あくまで隠密に、である。忠光は江戸家老東田左門と客間で面談した。

「ようこそ、お出でくださいました」

東田は両手をついた。色の白い蒼白い顔をした四十路の半ばといった男だ。神経質なのか、気が小さいのか目をきょろきょろとさせ落ち着かない様子である。やたらと忠光の機嫌を伺うように、見上げている。

茶と菓子が運ばれ、

「粗茶でございます。それから、この羊羹は今、江戸で評判の大黒屋と申す菓子屋の練り羊羹でございます。出雲守さまのお口に合いますか、どうぞ、お試しください」

東田は忠光に媚びるような視線を送った。忠光は軽くうなずくと、

「本日、まいったのは紀美姫さまお輿入れの一件についてじゃ」

落ち着いた声を出した。

「はい、紀美姫さまお迎えの準備万端整えております」

東田は真摯な眼差しを向けた。

「そうか、それは重畳《ちょうじょう》」

「出雲守さまのおかげをもちまして当家の名誉と、家臣一同、紀美姫さまのお輿入れの日を一日千秋の思いでお待ち申し上げております」

東田は深々と頭を垂れた。

「そうか」

忠光は短く返すと茶を一口含んだ。

「本日、わざわざお越しくださいましたのは、ご婚礼の件、ご心配になられたのでございますか」

東田はなんの心配もないというように顔を輝かせた。

「そうじゃ。ちと、いや、大いに心配なことがある」

忠光は表情を消した。

「どのようなことで」

東田は戸惑いの色を浮かべた。

「ほかでもない。常陸介殿のことじゃ」

忠光は東田の目を見据えた。東田は言葉を飲み込んだが、

「殿のこと、と申されますと」

忠光の視線を逃れるように茶に視線を落とす。

「常陸介殿は紀美姫さまをお迎えすること、不満を抱いておられるのではござらんかな」

「なんと、何故そのようなことを申されますか」

東田は茶椀に伸ばした手を引っ込めた。

「そなた、よく存知おろう」

忠光は射すくめた。東田は視線をきょろきょろと泳がせ唇を噛んだ。

「常陸介殿の吉原での乱行、見過ごすわけにはいかぬぞ」

忠光は低い声を出した。東田は唇を噛み締めた。

「何故、直言せぬ。畏れ多くも上さまの姫君を正室にお迎えしようという大名が、吉原の花魁風情にうつつを抜かし、遊び呆け、挙句《あげく》の果てには身請けまでしようとは言語道断の所業じゃ」

「はは」

忠光はそれまで抑えていた怒りを爆発させた。

東田は顔を朱色に染め、忠光の視線から逃れるように額を畳にこすりつけた。忠光は、蜘蛛のように這いつくばる東田をしばらく苦々《にがにが》しげに見下ろしていたが、

「ともかく、捨て置くわけにはいかん」

声を落ち着かせた。東田はおずおずと顔を上げる。

「まさか、紀美姫さまお輿入れは」

「破談じゃ」

忠光は口元に意地の悪い笑みをたたえた。東田は再び、頭を垂れる。

「と、いうわけにはいかん」

忠光は扇子で畳を叩いた。東田は首をすくめた。

「今さら婚儀を破談になどできるものか。御公儀の面目に関わる」

「……。そう致しますと」

「仕方あるまい」

忠光はにんまりとした。東田は忠光の笑顔の中に魂胆を読み取ろうと視線を凝らした。

「その花魁、身請けせよ」

「よろしいのでございますか。そのようなこと」

「うむ。かまわん」

忠光はしばらく口を閉ざし、

「そのうえで、その花魁、そなたの養女とし、常陸介殿の側室と致せ。側室として、国許へ送るのじゃ」

早口に言った。

「かしこまりました。しかし、殿がご承諾くださるかどうか」

「馬鹿者、承諾させるのじゃ」

忠光は扇子で畳を打った。東田はうなずく。

「よいか、これは御家存亡の危機ぞ」

「分かっております」

「ならば、処置せよ」

「はは」

「常陸介殿も承諾くださるはずじゃ。好いた女子を側室に迎えられるのじゃからな」

「ごもっともでございます」

「それにじゃ、国許と江戸と離れて暮らすうちに、恋の熱も冷めるというもの。直《ただ》ちに、国許へ送れば、来年春の紀美姫さまお輿入れの頃には飽《あ》いておるじゃろうて」

忠光は鼻で笑った。

「おおせの通りにございます」

東田も解決の目途《もくと》が立ち、顔を綻《ほころ》ばせた。

「それにしても、常陸介殿はお若い、いや、お若い」

忠光は笑うと立ち上がり、

「では、しかと頼んだぞ」

東田を見下ろした。

「はは。本日はわざわざのお越し、ありがとうございました」

東田は両手をついた。

一方、征史郎は喜多方誉れを堪能し、

「いやいや。すっかりご馳走になって」

「いやいや。花輪殿のような酒の分かるご仁に賞味いただき、感激でござる」

幸右衛門は顔を赤らめ、すっかり好々爺然とした顔になっている。

「では、これにて」

征史郎が立ち上がろうとすると、

「まあ、まだよろしいではござらんか」

酒飲みの常で、幸右衛門はくどくなった。征史郎はきりがないと去ろうとしたが、
ふと吉友の一件が脳裏をかすめた。

「では、もう少しだけ」

征史郎の返事に破顔して幸右衛門は燗をつけてきた。酌を受けながら征史郎は、

「ちと、気になることが。常陸介さまが江戸の酒をお好みになるということにつき」

思い切って吉原で吉友を見かけたことを話し始めた。

「わたしも、知り合いの商人に連れられ登楼したのですが、妓楼の者から聞きますと常陸介さまは、連日のお越しとか。紀美姫さまお輿入れのこともあります。わたしとて、御公儀の禄を食む者、余計なことではござりますが、気になり申した」

「そうでしたか。ご覧になられましたか」

幸右衛門はうなだれた。

「もちろん、わたしとて、軽々しく口外するものではございません」

「分かっております。花輪殿はそのようなお方ではないと存じます」

幸右衛門は茶椀を畳に置いた。

「常陸介さまは」

征史郎は話を続けようとしたが、

「ま、それ以上のことは」

幸右衛門は遮《さえぎ》るように笑顔を作った。

「分かりました。及ばずながら、わたしでお役に立てることあれば」

征史郎は立ち上がった。

「かたじけない」

幸右衛門は頭を下げた。次いで、

「そうじゃ。お帰りになる前に岩白に会ってやってくだされ」

「ああ、それはぜひ」

征史郎は頬を綻ばせた。

三

征史郎は長屋に隣接して設けられた厩《うまや》に案内された。

「岩白、花輪殿が来てくださったぞ」

木島は岩白の首を撫でた。岩白は大きな瞳で征史郎を見ると、うれしげに口を開けた。

「あの時は、よく働いてくれたな」

征史郎は岩白の首に頬ずりした。すると、御殿の玄関に警護の侍が集まりだした。

「殿さま、お出かけですかな」

征史郎は岩白を撫でながら聞いた。

「いや、殿はとうに登城されておられます」

「すると、客人ですか」

征史郎と幸右衛門は何気なく玄関を眺め続けた。駕籠がつけられ、

「出雲さま」

征史郎がつぶやいたように忠光が出て来た。

「ご存知ですか」

幸右衛門はさして関心なさそうに聞いてきた。

「いや」

征史郎は口ごもると岩白を見上げた。


翌日、征史郎は日本橋室町の呉服問屋三州屋に足を向けた。義姉志保の実家である。間口七間、漆喰白壁造りの二階家である。三越、白木屋と並ぶ大店だ。紺地暖簾に白地で屋号が染め抜かれ、往来を丁稚がしきりと掃き清めている。

征史郎は暖簾を潜り、土間に立ち、

「相変わらずの賑わいだな」

しばらく店の喧騒に身を委《ゆだ》ねた。

土間を隔てて五十帖ほどの畳敷きの店が広がり、帳場机が並んでいる。天井の梁《はり》からは、各売り場を担当する手代達の名前が書き記された紙が吊るされ、彩《いろど》り鮮やかな反物《たんもの》を手にした手代達が大勢の客を相手に奮闘していた。

客も、大店のご新造とその娘、武家、僧侶と懐具合豊かな連中ばかりだ。あまりの忙しさに、征史郎に視線を向けてくる者もいない。藤蔵は眼鏡をかけ、奥の帳場机に座ってしきりと大福帳を捲《めく》っていた。

藤蔵に向かって声を放とうとしたが、商売を邪魔立てすることになると遠慮し、

「すまん」

征史郎は往来を掃き終わった丁稚をつかまえた。丁稚はぺこりと頭を下げ、征史郎を見上げる。

「番頭の藤蔵を呼んでくれ」

征史郎は藤蔵を指差した。丁稚は、「ただいま」と足早に奥を目指した。やがて、

「これは、これは」

藤蔵は眼鏡を上げてニッコリすると足早にやって来た。鶴のように痩せた男である。髪は白髪交じり、しなびた髷《まげ》が申し訳程度に月代にのっている。

「邪魔する」

征史郎は大刀を腰から抜き取った。

「どうぞ」

征史郎は店の奥の客間に通された。十帖の座敷である。部屋の真ん中に朱色の毛氈《もうせん》が敷かれていた。

「あいにくと、門左衛門《もんざえもん》は留守でございます」

藤蔵は征史郎を毛氈の上に座らせた。

「ああ、いいのだ。おまえに用事がある」

征史郎はあぐらをかいた。藤蔵は眼鏡を上げ下げして、

「わたくしに、でございますか」

首をひょこっと亀のように伸ばしてきた。

「おまえ、姉上に余計なこと、申したであろう」

征史郎はぎろりと睨んでみせた。

「ええっ、そんな、わたくしは、何も」

藤蔵は口をぽかんと開けた。

「馬鹿、おれが吉原で遊び呆けておるなど、耳に入れたであろうが」

「ああ、あれでございますか。あれは、別に大したことを申したわけではございません」

藤蔵はぺらぺらと志保とのやり取りを語った。着物を届けたとき、志保が征史郎の縁談のことで心を砕いていた。持ってくる縁談のいずれも征史郎は乗り気ではない。いずれかに好いた人がいるのか、

「それとも女子が嫌いなのであろうか、と、こう申されましたので、わたくし、そん

なことはございません。ご心配に及びませんよ、と、つい」

藤蔵は悪びれもせず額をつるりと撫でた。

「それが、余計なんだ」

征史郎は顔をしかめた。藤蔵はぺこりと頭を下げ、

「本日、お出でになられましたのは、そのことで」

顔を突き出してきた。征史郎は、

「いや、ちと頼みごとじゃ」

口元に笑みを浮かべた。

「いや、それは、だめで。できません。そんな、奥さまに知れたら、いや、花輪の殿さまのお耳に入ったら、大変なことになります」

藤蔵は両手を振った。

「まだ、何も話しておらんではないか」

「ですから、吉原通いの軍資金でしょ」

藤蔵は眉を寄せた。征史郎は顔をしかめ、

「違うよ。まったく、おまえは、本当に早とちりだよな。よくそれで、三州屋の番頭が務まるよ」

鼻で笑った。藤蔵は臆することなく、

「おかげさまで、十年務めております」

けろりと言い返してきた。

「ま、それぐらい面《つら》の皮が厚くないと商いはできないか」

征史郎は妙に感心し、

「頼みというのはな、酒問屋を紹介して欲しいのだ」

心持ち声を大きくした。藤蔵は、

「酒問屋、で、ございますか」

いぶかしげな顔を向けてくる。

「そうだ。おまえ、吉原でお得意先の酒問屋を接待したそうじゃないか。その酒問屋でも、あるいは、そうだな、なるべく大きな問屋を紹介してくれ」

「はあ、それはかまいませんが」

「わけは聞くな」

藤蔵が余計な詮索をする前に機先を制した。藤蔵は口をあんぐりさせたが、

「分かりました。少々お待ちください」

立ち上がり帳場机に戻った。征史郎は店の喧騒を聞きながら待っていると、

「これをお持ちになって」

　書状をしたためてある。

「蓬萊屋《ほうらいや》か」

「はい。蓬萊屋さんの番頭与平《よへい》さんをお訪ねになるとよろしい」

「新堀町だな、よし、礼を申す」

　征史郎は藤蔵の紹介状を持って立ち上がった。

「何故、酒問屋などへ」

　藤蔵は尚も問いかけたそうだったが、

「言っておくが、姉上には、これだぞ」

　征史郎が人差し指を口に立て、怖い顔をしたため、首をひょこっとすくめ黙り込んだ。

「じゃあな」

　征史郎は弾んだ声を残し、店を出た。どこから湧いてくるのか大勢の人混みで往来は満ちている。征史郎はかき分けるようにして三州屋の店先にある天水桶に歩み寄り、

「お待たせ致した」

　幸右衛門に声をかけた。幸右衛門は喜多方誉れを詰めた五合徳利を持参している。

「いかがでござった」

期待を込めた視線を送ってきた。

「新堀町の蓬萊屋を紹介してもらいました」

「蓬萊屋を、それは上首尾でござる」

幸右衛門は蓬萊屋へは何度も足を運んだがろくに取り合ってもくれなかったと言う。

「そうでしたか。ま、少しは役に立つかもしれませんな」

征史郎は言うと、二人は雑踏を縫うように進んだ。

四

蓬萊屋は新堀一丁目の表通りにあった。河岸の間近であり、多くの荷受人足が酒樽の荷揚げに従事していた。

江戸の酒問屋は上方産の下り酒を扱う問屋と関東産の地廻り酒を扱う問屋に分かれていた。

所在地も明確に分かれており、下り酒を取り扱う問屋は、新川、新堀、茅場町、地廻り酒を取り扱う問屋は南茅場町、南新堀、霊岸島に軒を連ねていた。

下り酒は菱垣廻船によって江戸湾に運ばれ、品川沖で天満船に積み換えられ、酒問屋に運ばれた。酒問屋から小売の酒屋に渡り、一般消費者が買い求めた。小売屋は枡酒屋と呼ばれている。

「花輪さま、蓬莱屋の番頭与平でございます」

征史郎と幸右衛門は店の奥に通された。与平は小柄で小太りの初老の男だった。

「忙しいところ邪魔をする」

征史郎は咳払いすると、

「なんの」

与平は笑みを浮かべ幸右衛門に視線を送った。それに気づき、

「こちら、喜多方藩御用方木島幸右衛門殿じゃ」

「木島でござる」

征史郎が言い、

幸右衛門が軽く頭を下げたところで、

「今日はな、喜多方の酒を取り扱って欲しいと思い、やって来たのだ」

征史郎は単刀直入に切り出した。与平は、

「さようでござりますか」

ぽつりと言うと視線をそらした。幸右衛門は持参した五合徳利を差し出した。

「百聞は一見にしかず。いや、一飲みにしかず、だ。やってくれ」

征史郎は徳利を持ち上げた。

「そうですか」

与平は無表情で返すと、

「では、てまえどもで利《き》き酒を務めておる者を呼びましょう」

立ち上がり店に顔を出した。しばらくして、与平は鶴のように痩せ細った背の高い男を連れて戻って来た。

「五郎蔵《ごろぞう》でございます」

痩せた男は、征史郎と幸右衛門の前に座った。女中が一合枡を四つ運んで来た。

「この、五郎蔵はてまえどもで二十年以上利き酒を行っております。下り酒がどこの蔵元で造られた酒なのかぴたりと当てることができます。下り酒と申しましても、様々でして」

与平は簡単に説明した。

下り酒は摂津や和泉、山城国で造られたものばかりでなく、美濃、尾張、三河で造られる酒も含んでいる。

「ですから、造り酒屋さんによって、味は様々です」

「それを、ぴたりと当てるのか。大したもんだな」

征史郎は感心してみせた。五郎蔵は無表情で黙り込んでいる。

「でも、いろんな酒が飲めて幸せだな。堂々と朝から飲めるんだからな、羨ましい、ははは」

征史郎は腹を揺すった。幸右衛門は緊張の面持ちである。試験を受けるのであるから、自然と表情も硬くなるというものだ。

「よし、五郎蔵、とくと賞味してくれ。あまりの旨さに腰を抜かさんようにな」

幸右衛門の緊張を気にかけ、征史郎は陽気に言うと徳利を持ち上げた。五郎蔵は一合枡を両手で差し上げる。

「さあ」

征史郎は五郎蔵の枡に徳利の口をつけた。すぐに、

「もう、けっこうでございます」

五郎蔵は明晰な声を発すると丁寧に頭を下げた。

「なんだ、ほんのちょっとじゃないか。そんなで分かるか」

征史郎は拍子抜けしたように素っ頓狂な声を出す。枡は半分程度しか満たされてい

ない。五郎蔵は、

「はい。酔ってしまいますので」

落ち着いた声で返した。

「酒は酔うからいいんじゃないのか」

征史郎は言いながら、与平の枡に酌をし、幸右衛門にも徳利を向けたが、幸右衛門は緊張の面持ちのまま、首を横に振ると枡を手で塞《ふさ》いだ。征史郎はもてあました徳利を自分の枡に向けた。

「では、賞味させていただきます」

五郎蔵は幸右衛門に向かって頭を下げると枡を両手で持った。幸右衛門は、わずかに声を震わせた。征史郎は枡を口に持っていったが止《と》めた。部屋の中には、喜多方誉れの芳醇な香りと緊張の糸が張られた。

五郎蔵は枡を両手で持ったまま口元に近づけ、まずはゆっくりと香りをかいだ。表情は消したままである。次いで、一口含んだ。目を瞑《つむ》り、飯を噛むように口中で転がしている。それから、ゆっくりと飲み干した。

次に、残りをさらりと飲み干す。

表情は消えたままであり、旨いのかまずいのか判然としない。

五郎蔵は幸右衛門に向かって深々と頭を下げた。幸右衛門も会釈を返す。

「旨かっただろ。そうだ、燗にすると、尚引き立つんだぞ」

征史郎は五郎蔵の返事が待ち遠しいように早口でまくし立てた。与平が、

「五郎蔵、おまえが思ったことを話しなさい」

五郎蔵を見た。五郎蔵は、

「まことにおいしゅうございました」

短く言葉を発すると、

「そうだろ。旨いよな。よし、燗をつけるか」

征史郎は両手を打った。五郎蔵は無表情のまま、

「それには及びません。このお酒の見事な味、しっかりとこの舌に刻まれましてございます」

と、頭を下げ、

「米がよく熟成され、かと申しましてしつこくなく、爽やかな辛口の名酒と思います。さしずめ、伏見の駒竹、灘の爛漫と肩を並べるほどの出来、と存じます」

言い添えた。

「その、駒なんとか爛なんとか、とはどのくらいの酒なんだ」

　征史郎は与平を見た。与平は、

「番付で大関を争う銘酒でございます」

　ニッコリ微笑んだ。この時代の相撲番付は大関が最高位である。横綱は名誉職的な色合いが濃かった。征史郎も満面に笑みを広げ、

「そうか、やりましたぞ。木島殿、ご苦労が報われましたな」

　幸右衛門の手を取った。幸右衛門はようやく頰を緩めた。

「では、これにて」

　五郎蔵は立ち上がった。それを、

「まだ、あるぞ。もっと飲んでいけよ」

　征史郎が止めたが、

「ありがとうございます。ですが、仕事がありますので」

　五郎蔵はやんわりと断ると、部屋を出た。

「では、わたくしも」

　与平は笑みを浮かべたまま枡を飲み干した。途端に、

「旨い」

目を細めた。征史郎は嬉しそうに、

「さあ、もう一杯、湯葉味噌もあるぞ。木島殿も」

与平と幸右衛門に酌をし、懐から湯葉味噌を出した。幸右衛門は愛《いと》しげな眼差しを喜多方誉れに向け、旨そうに飲み干す。

「で、取り扱ってくれるのだな」

征史郎は身を乗り出した。与平は笑みを浮かべたまま、

「それは、むずかしゅうございますな。いや、はっきり申しまして、無理でございます」

平然と返してきた。征史郎は目が点となり、

「なんだって、そんな、上方の銘酒にも劣らない、って五郎蔵が評価したじゃないか」

言うと幸右衛門も笑みを消した。与平はさらに笑みを広げ、

「はい。わたくしも、そう思います」

「なら、取り扱うのに差し支えないだろう」

「確かに、旨い酒でございますが、商いとなると別でございます」

与平は、上方以外の蔵元の酒を取り扱うことは組合が許さないことを丁寧な言葉で

説明した。

「ましてや、てまえどもの主人助左衛門《すけざえもん》は問屋組合の肝煎《きもい》りという立場でございます。禁を破るわけにはまいりません。どうか、ご理解ください」

与平は両手をつき額を畳にこすりつけた。

「しかしなあ」

征史郎が詰め寄ろうとすると幸右衛門が、

「分かりました。本日は、お手間を取らせ、痛み入る」

と、袖を引っ張り立ち上がった。仕方なく征史郎も徳利を持ち立ち上がる。

「なら、初めっから言えって」

表に出ると征史郎は蓬萊屋の屋根瓦を見上げた。

「花輪殿のお顔を立てたのでござろう」

幸右衛門は肩を落とした。

それから二人は、新川、茅場町、新堀に軒を連ねる酒問屋を訪れたが、どの問屋も良い返事を返してこなかった。

「下り酒の壁は厚いな」

征史郎は夕陽に染まった大川を眺めた。

「花輪殿、こんなことにつきあわせて」

幸右衛門はしきりと礼と詫びを繰り返したが、

「いいのです。どうせ暇な身、それに、わたしは喜多方誉れに惚れ込んだのです。木島殿の情熱にもね」

征史郎は笑みで返した。

「具体的な収穫はありませんでしたが、喜多方誉れの味が高い評価を受けたことは、大いに励みになりました。早速、国許に報《しら》せてやります」

幸右衛門は国許を思い浮かべたのか懐かしげな顔で空を見上げた。

「そうだ、明日は地廻り酒を扱う問屋を回ってみましょう。丁度、酒切手をくれた利根屋がある」

征史郎は元気を取り戻し明るく言った。

第四章　身請け

一

翌朝、吉蔵が訪ねて来た。豆絞りの手拭を額に巻き、半纏《はんてん》に紺色の腹掛け、股引という棒手振りの魚売りに扮している。

吉蔵は裏門から天秤棒を担ぎ下中長屋にやって来た。お房が、

「今朝は、何がお勧めだい」

気さくに声をかけ盤台の中を覗き込んだ。

「鮭なんかどうです」

吉蔵は盤台を指差す。お房は二匹買い求め家に戻った。

「おい、こっちもだ」

征史郎は吉蔵を家の中に招き入れた。

「一昨日、喜多方藩邸で出雲さまを見かけたぞ」

征史郎は土間の上り框《がまち》に腰を下ろした。吉蔵を手招きし横に座らせる。

「ほう、なんでまた、若が喜多方藩邸に」

征史郎は大酒飲み大会から幸右衛門を訪ねた経緯を簡単に説明した。

「若も物好きな」

吉蔵は苦笑した。

「出雲さまは何をしに行かれたのかな」

「おそらく、東田に会われたのだと」

「東田というと、喜多方藩の江戸家老か。紀美姫さまのお輿入れを推進しておる一派だったな」

「ええ、そうです」

「出雲さま、東田と協議をされたか」

征史郎は鮭を見つめた。

「おそらくは」

吉蔵は盤台から鮭を取り出し、流しのまな板の上に置いた。

「いいよ。勝手にやる」

征史郎が遠慮がちに言うと、

「せっかくですから、切り身にしておきやすよ」

吉蔵は器用な手つきで包丁を使い、鮭をさばき始めた。

「で、吉原で耳にしたんですがね」

吉蔵は冷やかしの客を装って吉原を探って来たという。

「矢上の殿さまが惚れ込んでいる、貴連川って花魁。今日にも、身請けされるそうですよ」

「へえ、常陸介さまにか」

「いえ、さすがに、それはまずいと矢上さまも気遣われたのでしょう。身請け人は両口屋十兵衛です」

吉蔵は征史郎の横に座った。

「なるほどな」

征史郎は鼻で笑った。

「身請け金三千両だそうですよ」

「両口屋が言っていたよ。矢上の殿さまから身請け金三千両の借財を申し込まれているって。両口屋も退くに退けなくなったんだろう。気の毒に」

征史郎は十兵衛の脂ぎった顔を思い浮かべた。

「ということは、貴連川は一旦、両口屋が預かっているんだな」

「そうでしょうね」

「それから、こっそり、喜多方藩邸に送られるということか」

征史郎はつぶやいた。

「そうなりますかね」

「側に置くために身請けしたんだろうからな」

「そりゃそうですが、来春には紀美姫さまがお輿入れになるのですよ」

「中屋敷か下屋敷にでも、囲っておくのではないか」

「それも、危険ですよ。人の口に戸は立てられませんからね」

「そうだな。じゃあ、両口屋の寮にでも、囲っておくか。で、そこへ通うってことなんじゃないか」

征史郎はあくびを漏らした。

「しかし、大藩の藩主ともあろうお方が、愛妾宅を訪れるというのは、いくらお忍びでも目立ちますよ。一月《ひとつき》や二月《ふたつき》は隠しおおせても、やがては紀美姫さまのお耳に入りますぜ」

吉蔵は納得がいかないとみえ、何度も首をひねる。

「それもそうだが、出雲守さまは、このこと、ご存知なのか」

「まだ、ご報告はしていません。今頃はお城ですので、今夕にでもお報せに上がりますよ」

吉蔵は天秤棒を担いだ。

「おお、そうしてくれ」

「若、鮭、早いとこ召し上がってくださいよ」

吉蔵は切り身にした鮭を指差し出て行った。

「どれ、料理でもするか。と言っても、塩焼きしかできないけどな」

征史郎はつぶやくと切り身を丼に入れ、七輪と網を持ち狭い庭に出た。木枯らしが吹き、竹垣を寂しげに揺らしている。

「さて、と」

征史郎は七輪の火をおこし、団扇《うちわ》でぱたぱたと煽《あお》いだ。網を載せ、切り身を置く。香ばしい香りが煙と共に立ち昇った。すると、

「あれ、あれ、征史郎さま、そんなこと、なさっては」

お房が飛んで来た。

「いいじゃないか」

征史郎は平気である。

「いけません、殿さまに見つかったら大変ですよ」

「兄上はもう登城されただろ」

「そうですが、そんな真似をなすってはいけません。わたしがやります」

お房は征史郎の巨体を押し退《の》けるようにして七輪にしゃがみ込むと、

「ほら、貸してください」

征史郎の手から団扇を奪い取り、ぱたぱたと煽ぎ始める。すると、

「叔父上、何をなさっておられるのです」

少年の声がした。征一郎の長男亀千代《かめちよ》である。横に香奈《かな》と佐奈《さな》という妹を連れていた。亀千代達は、好奇心に瞳を輝かせ、庭に入って来た。子供たちは、躾《しつけ》の厳しい征一郎の目を盗んでは征史郎の家にやって来る。

やさしく、気さくな征史郎を慕っているのだ。志保も子供たちが征史郎の所で遊ぶことを大目にみている。ただ、度が過ぎないように目配りはしていた。

「亀千代、旨いぞ。鮭だ。わたしの家から、茶椀と箸を取って来ておくれ」

征史郎が言うと、

「いけません。こんな、所で」

お房は顔を上げたが、たちまち煙にむせた。

「いいから、取って来ておくれ」

征史郎はかまわず言うと、亀千代達はうれしそうな顔で家の中に入り、

「叔父上、持って来ました」

茶椀と箸を抱え込んで来た。

「よし、これは、もういいだろう」

征史郎は身にこげが付いた切り身を茶椀に取り分け、

「食べろ。うまいぞ」

亀千代に差し出した。お房は顔をしかめた。

「それから、香奈には、これと、これ」

征史郎は続けて切り身を茶椀に取り上げようとしたが、

「だめです。それは、まだ早いです」

お房は箸で押さえ切り身をひっくり返した。征史郎は首をすくめる。その姿がおかしいのか、子供達は声を上げて笑った。お房も釣られたように肩を揺すった。

「亀千代さまも、香奈さまも佐奈さまも、お家の中で召し上がってください。外で食べるなどと、はしたない真似、なさってはいけません」

「いいよ、たまには。青空の下で食べるのも悪くない。悪くないどころか、この方が旨いぞ」

征史郎は言うや、自ら切り身にかぶりついた。子供達も真似をして口に放り込む。

「旨いだろ、どうだ」

征史郎は微笑んだ。子供達は、

「おいしゅうございます」

口を鮭で一杯にした。お房は、

「知りませんからね」

頬を膨らませたが、

「おまえも食え」

征史郎に勧められ脂の乗った切り身を口に入れた。たちまち、しかめ面に笑みが広がる。

「酒があれば尚いいんだがな」

征史郎が言うと、

「それだけは、朝っぱらからお子さま方の前で、お酒だけは」

お房は必死の顔で訴える。

「冗談だよ。酒は酒でも、この鮭で十分だ」

征史郎は下手な洒落を言ったが、子供達は腹を抱えて笑った。

二

昼九つ（十二時）になり、征史郎は幸右衛門との待ち合わせ先である南茅場町の酒問屋利根屋の店先に着いた。

本石町の時の鐘が九つを告げたが、幸右衛門は姿を現さない。実直な幸右衛門が時刻に遅れるとは意外である。

（何か、急用でも起きたか）

征史郎はそれから半時（一時間）ほども店先で待った。巨漢の男が往来に立ち尽くしているありさまに、道行く者たちは怪訝な視線を向けてくる。

（藩邸に行ってみるか）

征史郎は幸右衛門の身が案じられた。貴連川の一件が胸を過《よ》ぎる。しかし、藩邸に足を向けている間に、行き違ってしまう心配もある。

（とりあえず、おれ一人で行くか）

と、一旦、足を利根屋に向けようとしたが、喜多方誉れを持参していないのでは、話ができないと、躊躇した。すると、

「おや、花輪さまで」

利根屋の主人文蔵が通りかかった。

「おお」

征史郎が返すと、

「いやあ、お見事でしたな。今日は早速《さっそく》、酒切手をご持参いただいたのでございますか」

文蔵は言いながら征史郎を店に導いた。

「うむ、まあ、ちょっとな」

征史郎は幸右衛門のことが気になったが、文蔵と話をしておくのも悪くないと思い、誘われるまま店の中に入った。

「下り物を扱う問屋からは、安かろう、まずかろうと蔑《さげす》まれていますが、なかなかどうして、地廻りの酒も捨てたものじゃございません」

文蔵は店の裏にある土蔵に征史郎を導いた。大勢の使用人が船着き場で荷車に積んだ酒樽を裏門から運び込んでいる。土蔵の前では、小売の酒屋が酒樽を物色していた。文蔵は小売屋の一人一人に声をかけていく。

征史郎は祭りのように賑わう人混みを縫うように進み、土蔵の一つに立った。文蔵は土蔵に納められた酒樽を自慢げに示し、これは上総《かずさ》、これは下野《しもつけ》と産地ごとに味の特色などを説明した。征史郎は、うなずきながら聞いていたが、

「ところで、奥州の酒を扱わぬか」

聞いてみた。文蔵は、

「奥州、はて、奥州は広うございますからな」

両手を広げてみせた。

「喜多方だ」

「喜多方と申しますと」

「磐梯山の近くだ。ほれ、千川での大酒飲み大会でおれと最後まで競ったご仁、木島幸右衛門殿の国許だ」

征史郎が言うと、

「ああ、そういえば木島さまは喜多方藩矢上さまの御家中であられましたな」

思い出したのか、さかんに見事な飲みっぷりだったと賞賛の言葉を連ねた。

「その、木島殿がだ、国許で醸造した酒を取り扱ってくれる酒問屋を探しておられるのだ」

「ほう、それは、それは」

文蔵は興味を覚えたのか、さかんに首を縦に動かした。

「その酒と申すのが、喜多方誉れと申してな、なかなかの美味。上方の駒竹や爛漫にも劣らないと評判だぞ」

征史郎は自分のことのように自慢した。

「へえ、駒竹にも、爛漫にも、で、ございますか」

文蔵は大きく口を開け感心してみせたが、

「で、どこで評判なのです？」

眉を寄せた。征史郎は、

「うむ、まあ、あっち、こっちでだ」

曖昧に返事をしてから、

「どうだ、扱わぬか」

と、迫った。文蔵は征史郎に気圧《けお》されるように後ずさりし、

「そ、それは、ありがたいお話ではございますが、なにぶんにも、口にしたことのない酒をすぐ扱うということはお返事致しかねます」

口をもつれさせた。征史郎は破顔し、

「よし、それなら、飲んでみろ。明日にでも、いや、今日にでも、持って来てやる」

と、一旦は言ったが、蓬萊屋での試飲を思い出した。味は評価されたが、結局組合のしがらみで取り扱いができないと断られたのだ。

「やっぱり、試飲はあとだ。おまえの店も組合に入っておるのだろ」

征史郎は警戒の目を向けた。

「はい。ですが、てまえども、下り物を扱ってはおりませんので、下り酒問屋ほどしめつけはございませんな」

「で、あれば、満更《まんざら》扱わぬでもないのだな」

征史郎は念を押すようにのしかかった。

「ええ、まあ、正直申せば、地廻りの酒だけでは商いがむずかしいのが現状でございます。地廻り酒問屋の中でも、下り物を扱うようにしている者もおります。てまえどもは今のところ、なんとか地廻り物で凌いでおりますが」

文蔵は征史郎を見上げた。

「なるほどな。それに、美濃や尾張、三河など、上方ではない国の酒も下り物と称して運ばれて来るのだから、地廻りも関八州に拘《こだわ》ることはないだろう。もうちょっと、東国に求めてもいいのではないか」

征史郎は両手を広げた。

「さようでございますとも。それに」

文蔵はうつむいた。

「どうした？」

「それに、あたし、下り酒問屋の連中、大嫌いでございます」

文蔵は顔を上げ、きっぱりした口調で言い切った。征史郎は文蔵を見返す。文蔵は笑みを広げ、話を続けた。

「地廻りの酒を安かろう、まずかろうなどと馬鹿にしてお高くとまっていやがる。あたしは、いつかあいつらを見返してやろう。旨い酒を安く取り扱ってやろう、と思って商いをしております」

文蔵は頬を紅潮させた。征史郎にもその熱気が伝わってきた。

「あたしは、そんな思いを胸に日々商いをしております。千川さんの大酒飲み大会に酒を提供申し上げたのも、とにかく、下り物が横行する老舗の料理屋になんとしても、食い込みたかった。その一心でございました」

征史郎は千川でのおちゃらけた文蔵の仮面の下にそんな商人魂が潜んでいたことを知り、胸が熱くなった。

「よし、喜多方誉れを飲んでみろ」

「はい。期待しておりますよ」

文蔵は征史郎の手を握った。手の温もりに酒に対する情熱を感じた。


征史郎は辻駕籠を拾い、喜多方藩邸に急いだ。一刻も早く、幸右衛門に利根屋のことを知らせてやりたかった。幸右衛門はきっと、急用ができたか、病にかかったのだろう。いずれにしても、藩邸から出ることができないのに違いない。

それならば、喜多方誉れを五合徳利に分けてもらい利根屋にとって返そう。駕籠の中で算段しているうちに、喜多方藩邸の表門前に着いた。

征史郎が駕籠から降り立つと、番士が警戒の視線を送ってきた。征史郎は視線を跳ね返しながら表門に近づくと、

「直参旗本花輪征史郎と申す。御用方、木島幸右衛門殿にお取り次ぎ願いたい」

胸をそらした。番士は直参旗本という名乗りと征史郎の巨軀に気圧されたようにど

ぎまぎしながら、

「しばらく、お待ちください」

潜り戸を開け、屋敷の中に入った。残された番士は見知らぬ巨漢の男を警戒と、好奇心の入り混じった視線で遠慮がちに見てくる。征史郎は築地塀のうねりを眺めていた。やがて、番士が戻って来て、

「木島殿は不在とのことです」

丁寧に告げた。

「ご不在」

行き違ったのか、征史郎は、

「いつごろお出かけになりましたか」

重ねて聞いた。番士は少し躊躇《ためら》ったが、

「今朝、五つ（八時）です」

と、答えた。江戸詰めの藩士は外出の際には、番所に行き先と目的を届け出ることが義務づけられている。

（五つ、そんなに早く）

「して、何処へ行かれた」

征史郎が問いを重ねると、

「失礼ながら、いかなるご用件でござりますか」

番士は警戒の色を浮かべた。

「これは失礼した」

征史郎は幸右衛門と千川で開催された大酒飲み大会に出場したことが縁で知己《ちき》となり、

「本日は、喜多方誉れと申す国許の酒の馳走にあずかる、お約束でござった」

「そうでありましたか。それは、何かの行き違いでござりましょう。木島殿は向島《むこうじま》の長命寺に参詣に行かれました。なんでしたら、ご伝言など承りますが」

番士は警戒を解き、丁寧に返答した。

「かたじけない。それには、及びません。おそらく、拙者の勘違いでござろう」

征史郎は礼を述べ、踵《きびす》を返した。

狐につままれたような気分になった。

三

征史郎は喜多方誉れの一件は、明日仕切りなおすとした。すると、貴連川のことが気にかかった。両口屋に身請けされたという。

「顔でも拝みに行ってみるか」

征史郎は日本橋室町の両替商両口屋に足を向けた。


「これは、ようこそお越しで」

征史郎は母屋の客間に通され、十兵衛がにこやかに現れた。

「先日は、馳走になったな」

「お楽しみいただけましたか」

「楽しくはあったが、話が話であったからな」

征史郎は口元に笑みをたたえた。

「まったくで」

十兵衛はわずかに顔を曇らせた。

「ところで、貴連川はどこにおる」

征史郎は切り込んだ。

「おや、早耳でいらっしゃいますね。さすがは、目安番でいらっしゃいます」

十兵衛は言葉とは裏腹にさして感心する様子もなく、

「てまえどもの寮に預かっております」

けろりと答えた。寮とは別荘である。

「どこにあるのだ」

「向島、須崎村でございます」

「須崎村、すると長命寺の近くか」

征史郎は胸騒ぎを覚えた。幸右衛門の長命寺参詣が思い浮かんだのだ。十兵衛は征史郎の胸の内など分かるはずもなく、

「あの辺りは、春は日本堤の桜、秋は秋葉大権現の紅葉が愛《め》でられる、風流な所でございます」

暢気《のんき》な顔をした。

「そうか、そこへ常陸介さまが忍んでまいられるのだな」

「そういうことで」

十兵衛は下卑た笑いを浮かべた。

「そなた、結局、身請け金を用立てたのだな」

「江戸家老東田さまから直々に頼まれまして」

十兵衛は笑いを引っ込めた。

「しかし、いつまでもおまえの寮にいさせておくわけにはいかぬな」

「さようでございます。ですから、東田さまは近々のうちにお国許へ送られると申しておられました」

「そうか、国許にな。国許に送って、御公儀の目から貴連川を隠すということか」

征史郎は顎を撫でた。

「これで、貴連川が喜多方まで送られれば、なんとか紀美姫さまお輿入れも叶うというのです」

十兵衛は口元を引き締めた。

「ところで、江戸家老東田の一派と国家老飯尾一派の争い、その後は平穏を取り戻しておるのか」

征史郎は思い出したように聞いた。

「今のところは」

「飯尾一派は国許の酒を江戸で取り扱うことに熱心なようだが」

「そのようですね。しかし、むずかしゅうございますね」

十兵衛は問屋組合のしめつけを持ち出した。

「おまえはどちらかというと東田の方に与《くみ》しておるのか」

「いいえ、何故でございます」

「何故と申して、貴連川の身請け金を出したではないか」

「それは、致し方ございませんでした。このまま身請けもせず、矢上の殿さまが貴連川会いたさに、吉原通いをお止《や》めにならなければ、いずれ御公儀のお耳にも達します。そうなれば、喜多方藩はきついお咎め、わたくしどもからの借財の返済の目途も立ちません。五万両が露と消えるのでございます。目先の三千両惜しさに五万両を捨てるわけにはまいりません」

十兵衛は淡々と答えた。

「なるほどな」

「ですから、東田さま飯尾さまどちらにも与するものではございません。商いを全うすることのみを考えております」

「ところで、貴連川の顔を拝みたいんだが、寮の場所を教えてくれ」

「長命寺のすぐ裏、大きな柿の木が目印でございます」

「分かった。じゃあな」

征史郎は両口屋を出た。

再び辻駕籠を拾い、行く先を長命寺と告げた。

胸騒ぎがする。幸右衛門が長命寺を参詣するのは偶然の一致だろうか。そんなはずはない。あの実直な幸右衛門が自分との約束を違《たが》えてまで、単なる参詣などに出かけるとは思えない。

よほどに重要な用件であるに違いないのだ。

征史郎は駕籠に揺られながらも胸の高鳴りが押さえられない。苛立ちが募る。吾妻橋を渡り、細川越中守、松平越前守の下屋敷を右手に大川端を進む。

そして、源森川を渡ると、

「ここでいい」

我慢できなくなった。駕籠かきが、

「お侍、もうすぐですよ」

戸惑いの声を返したが、

「いいんだ。あとは走る」

駕籠を止《と》めさせ、

「ありがとな。つりはいらん」

征史郎は一分金を渡した。駕籠かきたちも法外な酒手に戸惑いの顔を笑みに変え、何度も頭を下げた。

征史郎は駕籠かきたちの礼の言葉を背中に猛然と走りだした。大川は初冬の弱々しい日差しを受け、たおやかに流れている。川面は相変わらず、吉原に向かう猪牙舟と荷舟が行き交い、右手には水戸徳川家下屋敷の長大な築地塀がうねっていた。

桜見物にも紅葉見物にも時季外れの初冬の昼下がりである。堤沿いの道は行商人の姿がちらほら見られるだけだ。それでも、六尺三十貫という牛のような男が必死の形相で走る姿はひときわ目を引き、皆、災いが及ばないよう率先して道を開ける。

水戸家の下屋敷を過ぎると、一面に冬枯れの田圃が広がっている。刈り入れを終えた田圃が広がる光景は、堤に植えられている季節外れの桜と共にどこまでも寂しげだ。やがて最勝寺の山門が見えてきた。長命寺はすぐ隣である。

「よし」

征史郎は額に汗を滲ませながら長命寺の門前に到った。

四

長命寺は向島七福神の一つで門前町には桜餅で有名な山本屋がある。参詣客は年中引きもきらない。今頃、幸右衛門がいるわけもないだろうが、念のため茶店を覗き、山門を潜《くぐ》って境内を眺めた。

やはり、幸右衛門らしい武士の姿はない。

「寮へ行ってみるか」

征史郎はつぶやくと山門を出て辻塀を廻り込み、裏手に出た。生垣に囲まれた三百坪ほどの藁葺き屋根の屋敷がある。なるほど、庭先には熟した実をつけた大きな柿の木が見えた。

征史郎は木戸門に立って屋敷の中を見た。外からでは様子が分からない。少なくとも庭には人気《ひとけ》がない。母屋は雨戸が閉じられ、柿の木にとまった鳥が鳴いている。

(おかしい。この静けさはなんだ。まるで、無人ではないか。いくら潜《ひそ》んでいるといっても、生活臭がまるでない)

征史郎は木戸を入り、ゆっくりと母屋に近づいた。格子戸を開ける。中は静まり返っていた。

が、

(血の臭いだ)

家の中のよどんだ空気に、わずかに血の臭いがする。征史郎は雪駄履きのまま上《あが》り框《がまち》に足をかけた。かすかに式台がきしむ音がした。奥に向かって廊下が走り、両側に襖が閉じられた部屋が並んでいる。

耳と鼻に神経を集中させ、廊下に立った。

血は左側の部屋から臭いを放っている。征史郎は大刀の柄《つか》に右手を添え、

「どう!」

襖を蹴破った。

中年の女と男が倒れ伏している。二人とも使用人か。声をかけるまでもなかった。大量に血を流し、ことされているのは明白だ。血は畳、天井、襖に飛び散っている。畳の上には緋毛氈が敷かれていることから、貴連川がいたことがうかがえる。

男の方は肩から鳩尾《みぞおち》にかけて袈裟《けさ》懸《が》けに斬られ、女の方は背中を斬られていた。どちらも身体に温もりが残っている。喜多方藩の者たちの仕業に違いない。貴連川の存在を知っていて、尚かつ両口屋の寮に匿われていることを知り得る武装集団は、喜

多方藩以外ないだろう。

とすれば、襲撃を企てたのは国家老飯尾監物の手の者に違いない。東田には貴連川をさらう理由がないからだ。飯尾派が貴連川の所在をいかにして突き止めたのかは不明だが、なんらかの目的で貴連川をさらったのだ。

征史郎は残りの部屋を調べた。次々に襖を開け放ち、部屋の中を覗いていく。玄関から見て左側の一番奥の部屋に入った時、隣室の畳がかすかにこすれる音がした。

征史郎は隣室と隔てている襖を蹴破った。

刹那《せつな》、

「とう！」

抜き身をかざした侍が殺到してきた。征史郎は咄嗟《とっさ》に、前蹴りを食らわせる。侍は後方に跳ね飛ばされ、さらに隣室と隔てている襖にぶつかり、襖ごと隣室に倒れ込んだ。すると、

「こんな所に、隠れていやがったのか」

征史郎がニヤリとしたように、侍達がうようよと湧いてきた。その数、六人である。

征史郎はその中に、幸右衛門の姿がないか危ぶんだ。幸いにも、みな歳若い連中だ。黒っぽい小袖に裁着《たっつ》け袴、草鞋《わらじば》履きである。

「おまえら、喜多方藩の者だな」

征史郎は落ち着いた声を放った。侍達は大刀を抜き、ぎらついた目を向けてきた。

真ん中の男が、

「貴様こそ、何者だ。公儀の犬か」

言葉に奥州訛りが感じ取れる。

「名乗りもせず大勢で刀を向けてくる者どもに名乗るいわれはない」

征史郎は平然と言い返した。

「ならば斬るまでだ」

真ん中の男が吐き捨てた。

「やめておけ、こんな狭い所で、大勢で刀振り回したら怪我するだけだ」

「うるさい！」

「なら、しょうがない」

征史郎は二尺七寸の大刀を抜き放った。巨漢の男が構える長剣に、侍達は緊張と怯《おび》えの色を走らせる。

それを振り払うように、侍達は一斉に躍《おど》りかかってきた。

征史郎は大刀を正眼に構え、どっしりと両足を踏みしめた。まるで、大地に根を生やした大木のようだ。

「くそ！」

「おのれ！」

「死ね！」

侍達はわめきながら抜き身を振り下ろしてくる。征史郎は正面からきた侍の刀を跳ね飛ばした。刀は天井に突き刺さった。次いでそのまま大刀を左手の男に向け、首筋に峰打ちを食らわせた。さらに、返す刀で右手の男の胴を峰打ちで薙《な》ぎ払う。

「おのれ！」

刀を失くした男が小刀に手をかけたとき、征史郎は鳩尾に当て身を食らわせた。

まさに、あっという間のできごとだった。

瞬時にして三人を倒された残りの侍達は、

「くそお！」

自暴自棄となって刀をやたらめったらに振り回してくる。征史郎は落ち着いた所作で二人の首筋に峰打ちを打ち込み昏倒させた。

残るは一人である。若い連中の中にあっても、幼さを留める少年といっていい歳頃の男だ。

男は仲間全員を倒した巨漢の男に怯えの目を向けてきて、抜き身を持ったまま後ずさりしている。

「こい」

征史郎は鋭い声を発した。男は刀を大上段に構え向かって来た。征史郎は難なく男の刀を大刀で叩き落とすと、

「よし、こい」

左手で男の咽仏《のどぼとけ》を摑み、そのまま廊下へ引きずり出した。

「な、な、な」

男はくぐもった声を出しながら目を白黒させている。征史郎は廊下に出ると大刀を鞘に納め、男を担ぎ上げた。

「何をするんだ」

征史郎の大きな手が首から外れ、男はわめきだした。征史郎は無視して、庭に担ぎ出し、

「そらよ」

放り投げる。

男は背中から大地に叩きつけられ、顔を歪ませると征史郎から逃れようと芋虫のよ

うに這いつくばった。征史郎は、右手で男の襟首を摑み柿の木まで引きずって行った。

男は柿の木の根元に背中をもたせかけ、肩で息をした。

「おまえら、喜多方藩の者だな」

征史郎は男を見下ろした。男は唾を吐き捨てた。血痰が混じっている。

「国家老飯尾監物の手の者か」

男は飯尾の名前にぴくりと頬を動かした。

「やはりな」

征史郎はうなずき、

「女と男を殺したのはおまえ達だな」

男の顔を覗き込んだ。男は横を向いた。

「返事しなくてもいい。さっき見た、おまえらの抜き身に血糊《ちのり》があった。最初に突っかかってきた三人の中の二人の抜き身にな」

男は征史郎を見返してきた。

「殺しの目的は、貴連川だな。貴連川をどうした。いずこへさらった」

征史郎は男の胸ぐらを摑んだ。男は横を向いたままだ。

「さらった目的は？」

問いかけを重ねるが男は押し黙っている。

「木島幸右衛門殿を存じておるな」

征史郎はさっきから気になっていた問いかけをした。男は無言である。

「それくらい答えてくれてもいいだろう。おれは、木島殿とはちょっとしたきっかけで懇意にしてもらっているのだ」

征史郎は微笑みかけた。男の頬がわずかに緩んだ。

「存じておるな」

「ああ、知っている」

男は初めて口を開いた。

「木島殿もここへまいられたのか」

「木島さまは、われらを止めに来られたんだ」

男はぽつりと漏らした。征史郎の胸がわずかに軽くなった。

「おまえ達は、何故、貴連川をさらった、どこにさらった」

征史郎は問いかけ直した。男は再びうつむいた。

「さあ、話せ」

征史郎は男の顔を上げた。と、

「しまった！」

男の口から真っ赤な血が流れ落ちた。舌を噛んだようだ。

「おい、しっかりしろ」

何度も揺さぶったが、男から返事は返ってこなかった。まだ、あどけなさを残す若者である。

征史郎は男を玄関まで担ぎ、式台の上に横たえた。両手を合わせ、立ち去ろうとしたが、ふと、懐から何通かの書状が覗いているのが見えた。手に取って見た。書状は十通ばかりで、皆、矢上吉友から貴連川に宛てた恋文だった。

どうやら、寮に残っていた連中は貴連川をさらった後始末をしていたようだ。

征史郎は暗澹《あんたん》たる思いで熟した柿を見上げた。


その頃、両口屋の客間では侍と十兵衛が向き合っていた。

「貴連川のこと、飯尾に知らせてやったわ。今頃は、寮を襲撃させているだろう」

「飯尾さまは、江戸でござりますか」

「それは、そうだ。なにせ、喜多方藩の一番家老だからな。これから起きる騒動に、一番家老がいなくては話にならん」

「第二幕の始まりですな」

十兵衛はにんまりとした。

侍は目に暗い光をたたえた。

第五章　押し込め

一

　征史郎は大岡忠光を訪ねた。書斎に通されると吉蔵が待っていた。吉蔵は、忠光から戻るまで待つように伝言されたという。

　ところが、暮れ六つ（六時）が過ぎても忠光は下城して来なかった。征史郎は忠光を待つ間、吉蔵に両口屋の寮で起きたできごとを語った。語りながらも幸右衛門の行方、貴連川の行方、喜多方藩で一体何が起きているのだろうという疑問が脳裏を駆け巡る。

　やがて五つ半（九時）を過ぎた頃、

「待たせたな」

忠光が戻って来た。燭台の蠟燭に揺らめくその顔は心労のためかやつれて見える。

征史郎は両口屋による貴連川身請け、寮における貴連川誘拐とそれを企んだのが喜多方藩国家老飯尾監物一派らしいことを語った。ただし、幸右衛門のことや、喜多方誉れ拡販を手伝っていることは黙っていた。

「そうか、そういうことか」

忠光は視線を泳がせ、つぶやいた。

「そうか、とは、いかなることでございますか」

征史郎が聞いた。

「貴連川を身請けすることは、わしも承知であった」

忠光は喜多方藩邸で江戸家老東田左門と協議したことを話した。

「では、出雲守さまのご指示で両口屋は貴連川を身請けしたのですか」

「いや、わしは東田に指示したのだ。貴連川を身請けし、東田の養女にしたうえで、常陸介殿の側室とせよ。ついては、喜多方の国許へ送れとな」

忠光が言うと、征史郎も吉蔵もうなずいた。

「それで、出雲さま」

征史郎は貴連川誘拐のことが忠光の得心を誘ったわけを聞いた。

「実は、それだ。本日、常陸介殿は登城して来なかった。それについて、不穏な噂が立った」

忠光は声を潜めた。征史郎と吉蔵も思わず口をつぐむ。

「国家老飯野監物が江戸に上り、常陸介殿を押し込めにする、というのだ」

「押し込め、なんと」

征史郎は目を剝《む》いた。

押し込めとは、大名家で藩主の行状が劣悪と判断される場合、家老が藩主を一室に監禁し、隠居を迫ることである。つまり、藩主の不行状により御家を潰さないための防衛措置だった。

「噂がまこととすれば、飯尾は、常陸介殿不行状の確たる証《あかし》である貴連川を確保したうえ、押し込めに動いたのであろう」

忠光は重いため息を吐いた。征史郎もどう返していいのかわからない。漠然と腕組みをした。すると吉蔵が、

「押し込めを実行したとしますと、矢上のお殿さまはご隠居ということになりますが、後継の藩主はどなたがお就《つ》きになるのでしょう。たしか、矢上家に男子は今のお殿さましかおられんと存じますが」

「確かに、その通りじゃ。矢上家の分家から養子を迎えるか、他の大名家から迎えるか、になるであろうが。それが気になるところじゃ」

忠光も困惑を隠せない。

「紀美姫さま、お輿入れは、いかがなるので」

征史郎が聞いた。

「白紙になるであろうな」

忠光は暗い顔をした。

「そうなれば、矢上家の御処分は」

「分からん。そうなれば、わしもなんらかの責任を取らねばならんであろうよ」

忠光は薄く笑った。

翌朝、

「征史郎さま」

女中頭のお清の声と戸を叩く音で征史郎は目覚めた。

「なんだ、こんな早くに」

「早くと申されましても、もう五つ（八時）ですよ」

お清は高らかに言ってから、

「お客さまです」

言い添えた。征史郎は、

「客人？　誰だ」

あくび交じりに答えた。すると、

「木島でござる」

幸右衛門の実直な声が返ってきた。征史郎は、

「これは、少々お待ちあれ」

あわてて袴を穿く。

「さあ、どうぞ」

征史郎は戸を開けた。お清が顔をしかめ無言で髪の毛を指差した。あわてて、手をやると、髷が曲がっているのが分かった。

「むさ苦しい所で恐縮ですが」

征史郎は髷を整えながら幸右衛門を導いた。

幸右衛門は紋付羽織、袴に草鞋を履き、背嚢《はいのう》を背負っている。手には五合徳利を提げていた。

「お清、すまんが、茶を淹《い》れてくれ」

征史郎が言うと、

「いや、すぐに、辞去しますので」

幸右衛門は遠慮をみせたが、

「どうぞ、お茶くらい」

お清はさっさと台所に入った。

「実は、急遽、国許に帰ることになりました」

八帖間に上がるなり幸右衛門は言った。

「それは、また、急な」

征史郎は両口屋の寮の一件が蘇った。しかし、自分が寮に行ったことを口にするわけにはいかない。

「急遽、帰国命令が出まして」

幸右衛門は口ごもった。お清が茶を運んで来たので、

「まあ、茶の一杯でも飲んでくだされ」

「花輪殿、昨日は断りもなく、約束を違《たが》えてしまい、まことに申し訳ござらん」

幸右衛門は頭を垂れた。

「いや、きっと、のっぴきならぬご事情が起きたのであろうと心配しました」

征史郎は藩邸を訪ねたことを話し、

「長命寺に参詣に行かれたとか」

茶を啜った。

「はあ」

幸右衛門は苦悩の色を浮かべた。しばらくうつむいていたが、

「実は、御家《おいえ》で大事が起きたのでござる」

きっと顔を上げた。

（やはり、押し込めの噂はまことか）

征史郎は極力表情を消して、

「どのような大事でござる」

淡々とした口調で聞いた。

「それは……武士の情け、今は、申すわけには」

「分かり申した。お聞き致しますまい」

「いずれ、遠からず分かることでございますが」

幸右衛門は申し訳なさそうに呻《うめ》いた。

「ところで、昨日、利根屋に行ってまいりました」

征史郎は話題を変えるように明るい声音を出した。幸右衛門も、

「花輪殿におかれましては、過分なお力添え、痛み入ります」

頬を緩めた。

「主人の文蔵、えらく乗り気でありましたぞ」

征史郎は熱を帯びた口調で昨日の経緯を話した。幸右衛門は、

「それは、楽しみですな」

言ったものの顔色が曇った。

「いかがされた」

「花輪殿のお力添えで、ようやく日の目を見ようという喜多方誉れの拡販ですが、今後、御家の事情により、どうなりますか」

「すると、喜多方藩としては、酒の販売を行わなくなるかもしれない、と」

「どうなることとやら」

幸右衛門は力なく肩を落とした。

藩主が替われば、なるほど方針も変わる。酒の拡販という政策も転換されるかもしれない。しかし、押し込めが実際に行われたとすると、実行した飯尾は酒の拡販を推

進していたはず。

（喜多方誉れ拡販にとっては追い風になるのでは）

征史郎は幸右衛門の不安をよそに楽天的に考えた。

「ともかく、花輪殿、お世話になり申した」

幸右衛門は五合徳利を置き土産とし、喜多方へと旅立って行った。

二

幸右衛門と入れ違いに吉蔵が入って来た。棒手振りの魚売りの扮装である。

「倅に両口屋の寮で起きた殺し、奉行所でどう扱っているか聞きやした」

吉蔵の息子吉太郎《きちたろう》は南町奉行所の定町廻り同心を務めている。

「どういうことになってる」

「盗賊による押し込みだそうで」

「盗賊が貴連川をさらって行ったというのか」

「そういうことです」

吉蔵はうなずいた。

「両口屋十兵衛はなんと言っているのだ」

「町奉行所の見解に添うような証言です。殺されていた男と女は、寮の下働きの夫婦だそうで」

「もちろん、常陸介さまの名も、東田の名も喜多方藩の名も出していないんだな」

「そういうことです。貴連川は自分が大枚をはたいて身請けし、寮に囲った。それを、どこかの盗賊がさらって行った。お役人さま、どうか取り戻してください、って、泣いてすがったそうですよ」

「ふ〜ん、芝居がかった真似しやがって」

「なにせ、三千両を使ったんだ、なんて」

吉蔵は肩を揺すった。

「で、町奉行所じゃ、下手人や貴連川がどこに連れて行かれたか、見当はつけているのか」

「喜多方藩がからんでいるなんて、思ってもいませんからね。周辺の空き屋敷や無人寺を探しています。それと、身代金の連絡があるだろうから、と」

十兵衛に下手人から連絡があったらすぐ報《しら》せるよう釘を刺しているという。

「まあ、そう思うのも無理はないな」

征史郎は吉蔵に茶を勧めた。吉蔵は軽く頭を下げ、

「貴連川の居場所は見当がつきますがね」

茶をふうふう啜《すす》った。

「本当か」

「飯尾一派がさらったと考えれば、下屋敷に連れて行くでしょ」

吉蔵は当然と言わんばかりに返した。

「ああ、そうか。そらそうだな。喜多方藩の下屋敷はどこにあるんだ」

「須崎村の秋葉大権現の裏手ですよ」

「秋葉大権現、紅葉狩りで有名な。なんだ、両口屋の寮の近くじゃないか」

征史郎は頭を掻いた。

「ええ、遠くに連れて行くより、近くが一番ですよ」

「大名屋敷じゃ、町方は手が出せないものな。もっとも、喜多方藩の仕業なんて、町方じゃ思ってもいないだろうけど」

征史郎は大きく伸びをした。

「よし、両口屋に行ってみるか」

「じゃあ、あっしは下屋敷を探ってみます」

吉蔵は天秤棒を担いだ。

征史郎は両口屋を訪ねた。母屋の客間で、

「大変なことになりました」

十兵衛は声を震わせた。

「ああ、知っておる。昨日、現場に行った」

征史郎が返すと、

「そうでしたな。花輪さま、行かれたのでしたな」

十兵衛は表情を落ち着かせた。

「喜多方藩の連中と遭遇した。斬りかかられた故、やむをえず、刃を交えた」

「そうでしたか。よくご無事で」

「ああ、なんとかな。で、貴連川をさらった連中は飯尾配下の者なのか」

「はっきりとは断言できませんが、おそらくは」

十兵衛は眉を寄せる。

「目的はなんだ」

「さあて」

十兵衛は口を閉ざした。

「お城で常陸介さま、押し込めの噂が流れておるが」

「てまえども、商人にはお城の中のことはわかりません」

「だが、喜多方藩の御用を受けている両替商ではないか。何か耳に入ってはおらぬのか」

「一向に」

十兵衛は征史郎に困惑の視線を送ってきた。

「そうか、口が堅いな」

征史郎は薄笑いを浮かべた。

「いえ、まことに、どうしてよいか、困惑しておるのが正直なところでございます。一体、この先どうなるのでしょう。てまえどもがご用立て致しました五万両はどうなるのでしょう」

十兵衛は目にうっすらと涙を滲ませた。

「飯尾が藩政の実権を握ったとしても両口屋は安泰ではないか。いや、むしろ、倹約と物産拡販で財政を建て直そうという、飯尾ならば、借財の返済も地道に行ってくれるだろう。これは、意外と災い転じて福となす、かもしれんぞ」

征史郎は十兵衛を励ますように笑顔を送った。

「そうであれば、よろしいのですが」

十兵衛は不安が消えないのか、表情に明るさは戻ってこなかった。


その頃、吉蔵は須崎村にある喜多方藩下屋敷の周囲を歩いていた。菅笠《すげがさ》を被り、大きな荷を背負っている。縞木綿の小袖を尻はしょりにし、股引、草鞋履きと一見して行商人の扮装だ。

下屋敷は須崎村の田圃の真ん中にあった。周囲を小川が巡り、裏手には掘割が引き込んである。築地塀からは桜や楓の木が枝を伸ばし、敷地は一万坪をゆうに超しているだろう。

低く垂れ込めた雲の下に広がる広大な屋敷は百舌《もず》の鳴き声がし、平穏そのもののたたずまいである。屋敷の中を窺おうと吉蔵は何度も周囲を回った。表門はもちろん、裏門も固く閉ざされている。

周囲には、百姓や秋葉大権現への参詣客がまばらに見られる。陽のあるうちに塀を乗り越えると目立ってしまうだろう。

吉蔵は裏門を叩いた。しばらくして、

「なんだ」

　番士が潜り戸を開けた。怪訝な視線を送ってくる。

「申し訳、ございません。厠《かわや》をお借りしたいのですが」

　吉蔵は腹を押さえ苦しげな顔をした。番士は口をあんぐりとさせ、

「ならん、ならん」

　追い立てようとしたが、

「頼みます」

　吉蔵は食い下がる。

「だめだ、どっか、田圃の片隅ででも用をすませよ」

　番士は潜り戸を閉めようとしたが、

「ああ、だめだ。漏れる」

　吉蔵は悲鳴を上げると、門前にしゃがみ込んだ。番士は目を白黒させ、

「まったく、しょうがないな。入れ」

　潜り戸を開け、吉蔵を中に入れると、

「番所の厠を使え」

　と、番所の向こうを指差した。

「ありがとうございます」

吉蔵は荷を門の脇に置いて厠に向かった。

「むやみと屋敷内をうろつくでないぞ」

番士は吉蔵の背中に声を放った。吉蔵は、うなずくと腹を手で押さえながら番所の前を通り過ぎた。

桧造りの御殿の周りを警護の侍が巡回している。

「これ、早く、すませよ」

番士は吉蔵の姿から視線を外さない。吉蔵は厠に入り、窓から様子を窺った。が、

「早くすませよ」

しつこい番士の言葉に、

「そんなにせっつかれたんじゃ、出る物も出ないよ」

つぶやくと、厠を出て裏門に向かった。

「ありがとうございました」

吉蔵は荷を背負った。

「うむ、早々に立ち去れ」

番士は蝿でも追い払うように手を振った。

吉蔵はこくりと頭を下げ屋敷を出た。

三

吉蔵は陽が暮れるまで待った。夜の闇に紛《まぎ》れ、築地塀を越えようと思ったのだ。下屋敷は別荘の意味合いがある。大名が茶会を催したり、馬を責めたり、弓を射たりと、武芸や趣味を楽しむ。

従って、藩主が逗留しない限り警護に人員もそんなに多くは配置されない。ところが、邸内の警護の人員は尋常ではなかった。ということは、吉友は押し込めにされ、下屋敷にいるのか。

それとも、貴連川の警護を厳重にしているのか。

吉蔵は、それを確かめようと考えたのだ。

「さて、と」

吉蔵は黒々と横たわる築地塀を見上げた。裏門の右手に大きな桜の木が枝を伸ばしている。あの枝を手繰《たぐ》っていけば、とりあえず邸内には入れそうだ。吉蔵は荷を桜の枝が伸びる、塀の前に置いた。

荷の上に登り、跳び上がると塀の瓦に取りついた。すると、裏門辺りが騒がしくなった。吉蔵は屋根に登り裏門に視線を向けた。

門が開けられた。邸内から提灯の灯りが出て来た。提灯の灯りにうっすらと黒覆面を被った侍が映った。次いで、駕籠が現れた。駕籠は前後十人ほどの侍で固められている。

「貴連川か、殿さまか」

吉蔵は塀の屋根から地に降り立つと荷を背負い、駕籠のあとを追った。

月のない夜だったが、星空が広がっている。駕籠は提灯に先導され秋葉大権現の方に進んで行く。吉蔵は、足音を忍ばせ小走りに追って行く。秋葉大権現の門前を右手に過ぎると、長命寺に向かった。

「両口屋の寮に向かうのだな」

吉蔵が予想したように、駕籠は寮の木戸門を潜った。吉蔵は生垣《いけがき》に身を潜めた。駕籠は柿の木の脇で下ろされた。

「着いたぞ」

覆面の一人が戸を開けた。中から女が現れた。貴連川だろう。提灯が近づき足元を照らした。貴連川は後ろ手に縛られ、猿轡《さるぐつわ》を嚙まされていた。覆面達に身体を支えられ立ち上がる。

「明日の朝、両口屋に使いを立てる。今晩は、ここで辛抱しろ」

覆面は言うと、縄を解いた。

「くれぐれも、申しておくが、他言無用ぞ」

覆面は低い声で言い残すと、寮から出た。駕籠や他の者たちも無言で去って行く。

貴連川は猿轡を取ると、柿の木にもたれかかり、嗚咽《おえつ》を漏らした。

それだけ見届けておいて、吉蔵は去った。


その頃、征史郎は屋敷の下中長屋にいた。隣に住む足軽添田俊介の家を覗き、

「兄上はまだ戻らないのか」

女房のお房に聞いた。お房は台所で夕餉《ゆうげ》の仕度をしながら、

「はい。今日は遅いですね」

征一郎が戻らない以上、俊介も戻っているわけがない。

「なんか、むずかしいことでも起こったのかな」

征史郎はつぶやきながら家に戻った。

が、家にいても何をするわけではない。喜多方誉れの入った五合徳利を持ち上げた

が、

「気になるな」

喜多方藩御家騒動が頭を離れない。征史郎は家を出ると御殿に向かった。

「失礼します」

玄関に入った。志保が、

「まあ、征史郎殿」

驚きの目を向けてきた。

「兄上に、ちと、お話が」

「まあ、それはお珍しい。どうぞ」

「書斎で待たせていただきます」

征史郎は奥の書斎に入った。志保が燭台の蠟燭に火を灯した。征史郎は身重の志保を気遣い、

「本でも読んでお待ち致します」

書棚から論語を取り出した。志保はくすりとして、出て行った。

「こんなものの一体どこが、面白いのだろうな」

視線を落としながらつぶやく。やがて、表門が開かれる音がした。征史郎は論語を

書棚に戻すと正座した。廊下を近づく足音がし、

「なんだ。珍しいな」

征一郎が入ってきた。継裃《つぎかみしも》を着たままだ。

「お召し替えをすまされてはいかがですか」

「いや、かまわん。それより、おまえの方からわしを訪ねてくるとは、何用か」

好奇心が湧き上がったのか、征一郎は征史郎の前に座った。

「ちと、小耳に挟んだのですが、喜多方藩で御家騒動が起きておるとか」

「ほう、そのようなこと、どこで聞いた」

「巷《ちまた》で噂が」

征史郎は短いがはっきりした口調で答えた。征一郎は、

「もはや、江戸市中にまで聞こえたか」

舌打ちをしてから、

「まあ、いずれ分かることだし、政《まつりごと》に関心を向けないおまえが興味を抱いておるとあっては、話してやってもいいだろう」

事務的な口調で征史郎を見据えた。征史郎はうなずき返した。

「喜多方藩では藩主常陸介吉友さまが隠居された。代わって、新藩主には尾張徳川家

から勝元《かつもと》さまをお迎えになる。本日、御老中松平右近将監武元《たけちか》さまより上さまへ上申されることを幕閣のお歴々は決定された。明日にも上さまの御裁許が下るであろう」

「そ、それは、まことですか」

征史郎は思わず声を大きくした。

「わしが嘘を申すか」

「それは、その通りでございますが。尾張家からとは」

征史郎は真面目な顔をした。

「勝元さまは、尾張家御当主宗勝《むねかつ》さまの七男、聡明とご評判のお方じゃ。喜多方藩のような外様《とざま》の大藩に養子入りしたとて、不思議ではない」

征史郎の困惑をよそに征一郎はあくまで淡々としている。

「すると、紀美姫さまのお輿入れはいかがなるので」

「白紙じゃ」

「それは、また」

「致し方あるまい。吉友さまが重い病にかかられたとあってはな」

「吉友さま、ご隠居は病ゆえですか。押し込めではございませんのか」

「押し込め、そんな噂もあったが。どのみち、隠居されたに変わりはない」

「矢上家への御処罰は」

「それはない。但し、婚儀を推進された大岡出雲守さまは、責任を取られ、しばらくの間、出仕停止ということになった」

「それは」

征史郎は黙り込んだ。忠光が側にいなくては、家重は老中たちの上申に異を唱えることはむずかしい。

「なんじゃ。ばかに喜多方藩のことを気にするではないか」

征一郎は表情を緩めた。

「ええまあ。最近、ちょっとしたきっかけで喜多方藩のご仁と懇意になりましたもので」

「ちょっとしたきっかけとは」

征一郎は表情を引き締めた。征史郎の言動に不穏なものを感じ取ったようだ。征史郎はこともなげに、

「酒でござる」

「酒じゃと」

「はい。酒を飲み比べる大会がございまして、それに出場した折、知り合ったのでご

ざる。なかなかの酒豪でしてな、大会のあと、酒談義に花を咲かせたような次第で」

征史郎は頭を掻いた。征一郎は鼻で笑うと、

「しょうのない奴め。花輪家の名を汚すようなことだけはせぬようにな」

用事はすんだとばかりに文机に向かった。

「お邪魔致しました」

征史郎は辞去した。

四

翌朝、征史郎と吉蔵は忠光を訪ねた。

いつものように、吉蔵は棒手振りの魚売りに扮し、征史郎の屋敷にやって来た。征史郎はそのまま吉蔵を伴い忠光邸に向かったのだ。

忠光は出仕停止ということで屋敷にいた。蟄居《ちっきょ》閉門というわけではないので、門に青竹が組まれていることはない。が、屋敷の中はどことなく緊張した空気がただよっていた。

忠光は二人を書斎で引見した。

「このたびは、とんだことで」

征史郎の巨軀、吉蔵の短軀が折れ曲がった。

「うむ、思いもかけぬ事態になった」

忠光はぽつりと漏らした。

「実は、昨日、須崎村の喜多方藩の下屋敷を探ってまいりました」

吉蔵は監禁されていた貴連川が両口屋の寮に移されたことを語った。

「用がすんだということだろう。常陸介殿押し込めに成功したからには、お払い箱じゃ。いつまでも、屋敷に置いておく必要はない。いや、置いては不都合じゃ。持ち主に返すのがよい、と判断したのであろう」

征史郎は忠光の言う、「持ち主」という言葉が妙におかしかった。が、忠光の苦境を思えば、笑うわけにもいかない。じっと、畳の縁に視線を落とした。

「町方《まちかた》は貴連川を取り調べるでしょうが、喜多方藩の侍から、きつく口封じをされていましたから、おそらく、真実を語ることはないでしょう」

吉蔵が言った。

「かりに、貴連川が本当のことを並べ立てたとて、喜多方藩がからむとあれば、町方も手が出せん。ましてや、尾張家から新藩主が立てられるとあれば

「ともかく、これで落着ですか」

征史郎は顔を上げ忠光を見た。

「そういうことだな」

「畏《おそ》れながら、出雲守さまの出仕停止はいつ解かれるのでござりますか」

「分からん。年内は無理であろうよ」

忠光は目を伏せた。

「今は、十月の半ば。まだ、二月《ふたつき》以上ございますな。上さまも御不自由でござりましょう」

「それを考えると、夜も寝られぬ」

忠光は視線を落とした。しばらく、書斎を沈黙が覆った。すると、

「待てよ、これは」

忠光は顔をしかめた。

「いかがされました」

征史郎は忠光の表情に、ただならぬものを感じた。

「この一件、田安卿《たやす》が嚙んでおられるかもしれぬ」

忠光が紀美姫と矢上吉友との婚儀を推進したのは、外様の大藩との結びつきを強め

るためである。尾張家と協力関係にある田安宗武《むねたけ》に対抗するためだ。その尾張家から、新藩主が送り込まれる。勢力図は一転して、喜多方藩は田安派色に塗りつぶされてしまったのだ。

「老中松平右近将監殿は尾張家や田安卿と近いお方じゃ」

忠光は唇を嚙み締めた。

「探りましょうか」

吉蔵は征史郎を見た。征史郎も、

「臭いますよ」

「うむ。今さら、どうにもならんが」

忠光はしばらく思案していたが、

「探れ、喜多方藩の御家騒動、何やら裏がありそうじゃ」

命じた時、

「失礼致します」

襖越しに男の声がした。

「うむ。入れ」

忠光に言われ、用人が入って来て忠光に耳打ちをした。忠光はわずかに表情を強張《こわば》

らせた。用人が部屋を出ると、

「喜多方藩江戸家老東田左門が切腹をした。こたびの婚儀破談の責任を取ったということだ」

淡々と告げた。

「これで、藩を二分した飯尾派と東田派の争いにも決着がついた、ということでござりますね」

征史郎は幸右衛門のことが思い出された。幸右衛門は喜多方誉れ拡販を担《にな》っていたことから、立場は飯尾派に違いない。従って、東田の切腹により、粛清されることはないだろう。それどころか、立場は良くなるはずだ。

(よし、喜多方誉れ拡販に努《つと》めてやるか)

征史郎と吉蔵は忠光の屋敷を去った。


征史郎は両口屋に足を向けた。

征史郎と十兵衛は客間で対面した。

「いやあ、まったく、何が何やら分かりませぬ」

今朝、店を開けるとすぐに差出人不明の書状が届いたのだという。

「書状には、ただ、貴連川を寮に帰した、とだけ記されておりました。それで、店の者を使いに出して、事実を確かめたのでござります」

それから、南町奉行所に使いを出したという。

「それで、つい、先ほどまで町方のお役人が来られて、あれやこれや、聞いていかれました。まるで、お取り調べのようなありさまで。これは、どういうことだ。何故、貴連川は帰された。賊の見当はつかんか。本当は、賊へ内密に金を渡したのだろうとか、わたくしが下手人のような扱いでしたよ」

十兵衛はぼやいた。

「まあ。何はともあれ、無事に帰ってきたのだから良かったではないか」

征史郎は暢気な口調で言うと、旨そうに茶を啜った。

「まあ、無事だということはよろしいのですが。肝心の矢上のお殿さまがご隠居とあっては、今後どのようにすればよいものか、と」

「常陸介さまは、病ということになっておる。いっそ、貴連川を看護の者として藩邸に送り込んだらどうだ。それがいい。そう申せば、常陸介さまは今、いずこにおられる」

「おそらく、上屋敷と思います」

「確かめたのか」

「ええ、今朝、病気見舞いのお使いを出したのです。ですが、使いは取り込み中ということで、お屋敷には入れていただけませんでしたのですが……」

征史郎は東田切腹を思い出した。江戸家老が切腹とあっては、取り込み中のはずだ。

「貴連川、いつまで預かればいいものか」

十兵衛は困惑したように顔を伏せた。

「いっそのこと、おまえのものにしたらどうだ」

征史郎は、はははと笑った。

「ご冗談を。わたくしこれでも養子でございます」

十兵衛は障子越しに外を見た。

「そうなのか」

征史郎は言うと、客間を出た。


入れ替わりに、侍が入ってきた。

「今のが、目安番とか申す、直参か」

「はい。花輪さまとおっしゃります」

「今のところ、どうということはないが、いずれ、われらの企てを邪魔するようなことがあれば、始末せねばならん」

「今さら、邪魔立てなどできようはずはございません」

「そうじゃな。わが尾張家から予定通り勝元さまが矢上家に入られた。出雲の奴も出仕停止だ。これからだ、これからが面白くなるぞ」

侍は笑みを浮かべた。

「第三幕でございますね」


征史郎は屋敷に戻り、幸右衛門からもらった五合徳利を手に南茅場町の利根屋に入った。店先で、文蔵が忙しげに小売屋とやり取りをしている。征史郎に目を留めると番頭を呼んで、小売屋とのやり取りを任せ、

「これは、花輪さま」

笑顔を向けてきた。が、視線は征史郎がぶら下げている五合徳利にある。

「これだ。先日、話した喜多方誉れだ。持って来てやったぞ」

征史郎は徳利を頭上に掲げた。

「そうですか、それは、それは」

文蔵は征史郎を店の中に導き、帳場机の横に座らせた。

「いや、喜多方藩でこれを拡販するのに骨を折っておられるご仁だが、急遽帰国されてのう。まあ、遠からず、江戸に戻って来られるであろうから、それまでにまずは、酒だけでも賞味してもらおうと思ってな」

「さようですか。急遽、ご帰国されたのは、ひょっとして、これがらみではございませんか」

文蔵は帳場机の引き出しから瓦版《かわらばん》を取り出し征史郎に差し出した。

「なんだって」

そこには、喜多方藩主、矢上吉友が吉原の花魁貴連川に惚れ込み、乱行の末、隠居に追い込まれたことが面白おかしく記されていた。瓦版は将軍の姫を嫁に迎える、大事な時期に吉原の花魁にうつつを抜かし藩政を省みない馬鹿殿さまと断じ、哀れなのは、婚儀破談の責任を負い切腹した東田である、と同情を寄せていた。

「東田さまは切腹、大岡さまは出仕停止、秤の重さが違う、か」

最後に、婚儀における幕府側の推進者の忠光が出仕停止という軽い処罰ですまされていることを暗に批判していた。瓦版には貴連川の身請けと誘拐のことは記されていなかった。

このネタ元は忠光を狙って、情報を提供したに違いない。すると、尾張か田安から出たものか。

「ともかく、この酒は預かります。どのみち、騒動が落ち着くまでは様子見ですな」

文蔵は言った。それから、曇った顔をしている征史郎を気遣うように、

「なに、人の噂も七十五日と申します。ましてや、江戸っ子は飽きっぽい。年が明ければ、落ち着きますよ」

陽気な顔をした。征史郎も、

「そうだな」

笑顔を浮かべると、瓦版を懐に仕舞った。

第六章　抜け荷

一

征史郎は幇間の久蔵を訪ねた。久蔵の家は浅草三軒町の裏長屋にある。露地木戸を潜り、溝板《どぶ》に足を取られないよう用心しながら進んだ。

「おい、久蔵、いるか」

「久蔵、いません」

征史郎は腰高障子を叩いた。中から、ごそごそ音がし、くぐもった声が返ってきた。

「おまえ、久蔵じゃないか」

「いえ、代わりの者です」

征史郎は腰高障子を開けようとしたが、心張り棒が掛けられびくともしない。

「おれだ、開けろ。じゃないと。蹴破るぞ！」

すると、ようやく腰高障子が開き、

「なんだ、こって牛の若ですか」

久蔵は眠そうに目をこすった。

「相変わらず、自堕落な暮らしぶりだな」

征史郎が足を踏み入れると、

「すいません。借金取りだと思いましたもんで」

久蔵は言い訳してから、

「どうぞ、お上がりください」

「お上がりください、と言ったって、どこに上がればいいんだよ」

征史郎は上がり框に腰を下ろした。四帖半の板敷きには、真ん中に万年床と化したくしゃくしゃの蒲団が敷かれ、枕元には徳利と猪口が転がり、周りには着物が脱ぎ散らしてある。

「これから、掃除しようと思ってた矢先でげすよ」

久蔵はこめかみを押さえた。

「二日酔いか」

「ええ、ちょっと、ゆんべ過ごしやして」

久蔵は、「茶でも淹れますよ」と土間に立った。

「いいよ、それより、これからつきあえよ」

征史郎は大きく伸びをした。

「こら、お誘いですか。喜んで」

久蔵は笑みを広げ、申し訳程度に色のついた茶を征史郎の脇に置いた。

「なんだ、これ。ちゃんと、洗っているのか」

征史郎は茶椀を覗き込み、顔をしかめる。

「ご挨拶でげすね。で、どこへ行きやす」

「吉原だよ」

征史郎は口をつけずに茶椀を置いた。

「ほう、なかですか」

なかとは吉原の通称である。久蔵は征史郎の懐具合を気にするように視線を向けてきた。

「金なら、大酒飲み大会で得た賞金と賭け金がある、心配するな」

征史郎は財布を取り出し、ぽんと叩いてみせた。

「そうでしたね。こいつは、頼り甲斐がありやすね」

「調子のいい奴だ。さあ、早く仕度しろ」

征史郎は立ち上がった。

「はい、すぐに」

久蔵は鼻歌交じりに蒲団を畳み着物を着替えた。次いで、

「もうちょっとでげす、ええっと、どこへ行ったかな」

「何探しているんだ。財布なら、いらないぞ」

「ええ、財布じゃないんですがね、ええっと。あった」

久蔵は畳んだ蒲団の下から手鏡を取り出し、髭と頭を剃った。

「よし、っと」

扇子を片手に、

「仕度できやした」

勢い良く家を出た。征史郎がすたすたと露地木戸に足を向けると、

「ちょっと、待ってください」

またも呼び止められた。

「なんだ、まだなんかあるのか」

征史郎がうんざりしたように返すと、

「ちょっと、ご近所に声をかけて」

「なんでだ」

「出かけること言っておこうと思って。泥棒が入るといけやせんから」

「泥棒ったって、おまえの家なんか、盗むような物ありはしないじゃないか」

征史郎は鼻で笑う。

「いえ、ですから、なんか置いていくといけないですから」

久蔵は顔をつるりと撫で、長屋の女房連中に、

「留守にしやすから、よろしく願います」

声をかけて回った。


征史郎は久蔵を伴い、佐野屋に登楼した。両口屋十兵衛に連れて来られた妓楼である。といっても、先日とは違って、八帖の小ぶりの座敷だ。別に馴染みの花魁がいるわけでもなく、久蔵に適当に飲み食いできるよう手配を任せた。

久蔵はやり手に交渉し、芸妓と料理、酒を手配した。

「へへへっと」

久蔵は、水を得た魚のように座敷を取り持った。三味線に合わせ、滑稽な仕草で踊ったり、征史郎を数々の大食い大会優勝者だと面白おかしく紹介したりした。座敷は久蔵の奮闘で盛り上がりを見せた。

和《なご》やかに杯をやり取りしたところで、

「貴連川って、花魁、身請けされたんだって」

征史郎は芸妓に笑顔を向けた。芸妓は、

「そうなんですよ」

酌をしてきた。

「両口屋十兵衛が身請けしたんだって」

「ええ、表向きは」

「ということは、ひょっとして、本当に身請けしたのは、矢上の殿さまかい」

「さあ」

芸妓はいなすように目を伏せた。

「とぼけなくたって、瓦版に書いてあったよ。矢上のお殿さまが貴連川に惚れ込んで、連日の吉原通いをしたって。挙句の果て、隠居させられたってな」

征史郎は杯を芸妓に渡し、蒔絵銚子を取った。芸妓は軽く頭を下げ、征史郎の酌を受けると、

「その通りですよ。かわいそうにね」

一息に飲み干した。

「かわいそうかね。瓦版には自業自得みたいに書いてあったがな」

征史郎は、「もう一杯飲め」と再び酌をした。芸妓はそれを飲み干し、目元をほんのりと桜色に染めた。

「そら、貴連川花魁にのめり込んだのはご自分のせいかもしれないけど、きっかけを作ったのは両口屋さんなんですよ」

「なんだって」

征史郎は思わず大きな声を上げそうになった。

「両口屋さんは矢上のお殿さまをこの店でご接待した折、貴連川花魁を呼んだんですよ」

吉友はそれが初めての吉原遊びだった。最初は緊張していたが、貴連川が巧みに接客し、和んだ雰囲気になったという。

「それから、三度ばかり両口屋さんのご接待で矢上のお殿さまはこの店にお出でになりましてね、お座敷には必ず、貴連川花魁を両口屋さんが呼んでいましたよ」

「すると、両口屋が貴連川を矢上さまにあてがったんだな」

「だから、かわいそうって、言ったんですよ。歳若いお殿さま、遊びをご存知ないお殿さまだったのですよ。それを、ね」

芸妓はしゃべり過ぎたと思ったのか口をつぐんだ。

どういうことだ。

両口屋十兵衛は吉友の乱行《らんぎょう》を憂いて目安箱に投書してきた。自分は、きっかけは作ったが、耽溺《たんでき》したのは吉友の責任だということか。接待のつもりが、予想以上に吉友が乱行して、困ったということか。

しかし、それにしては執拗だ。貴連川が吉友を籠絡《ろうらく》するまで見届けているのだ。吉友を失脚に追い込むつもりか。しかし、そんなことをして一体どんな得がある。十兵衛が言っていたように、まかり間違って、喜多方藩が改易にでもなったら五万両の貸付は返ってこないのだ。

(両口屋に命じた者がいる。おそらく、飯尾であろうか。いや)

「まさか、尾張」

征史郎は思わず口にした「尾張徳川家」の名を飲み込もうと杯を干した。

「ええっ、もう終わりですか」

久蔵が素っ頓狂な声を上げた。

「ああ、そうだな。今日のところは、これでお開きとしようか」

征史郎は笑顔を振りまいた。

二

「まだ、早いでげすよ。宴たけなわですよ」

名残惜しげな顔をする久蔵を引き立てるように吉原の大門を出た。

「あ〜あ。楽しかったのにな」

久蔵は見返り柳で文字通り大門を振り返った。

「駄賃だ」

征史郎は、一分金を久蔵に与えると、

「じゃあな」

一目散に日本堤を走った。

両口屋に事情を糾《ただ》さねば。

「おや、度重なるご来店。お忙しゅうございますね」

客間で十兵衛は言った。

「忙しくはないさ」

征史郎は皮肉な笑いを浮かべた。

「そうですか。それは失礼申し上げました」

十兵衛は馬鹿丁寧に頭を下げた。

「なにせ、吉原で遊んできたところだ」

「ほう、それは、ようございましたな」

「楽しかったぞ」

征史郎は陽気に笑ってみせた。

「これは、羨ましい。良い女子に当たりましたか」

十兵衛も釣られるように笑い声を立てた。

「良い女子もおったが、面白い話も聞いた」

征史郎は笑みを消した。十兵衛は征史郎の表情に危ういものを感じ取ったのか、身構えるように威儀を正した。

「ほう、見当がついたか」

「なんのことでございます」

「矢上常陸介さまに貴連川をあてがい、籠絡させた商人の話だ」

征史郎は十兵衛を見据えた。十兵衛は黙り込んだ。

「どういうことだ」

征史郎は声を落ち着かせた。

「ご接待でございます。矢上のお殿さまが一度吉原という所へ行ってみたい、などと申されました故」

十兵衛は悪びれもせず返した。

「それにしては、常陸介さまが貴連川の色香に溺れるよう、何度も接待しておるではないか」

「それは、言いがかりというものでございます」

「言いがかりか」

「はい。その、女に惚れる、惚れぬはその男の気持ち次第でございます。仕組んでできるものではないと存じます」

「なるほど、それはそうだろう。だがな、歳若い世間知らずのお殿さまなら、手練手管に長《た》けた吉原の花魁が手玉に取るのはいともたやすいと思うがな。仮に、貴連川に興味を示さなくても、常陸介さまが気に入る女が現れるまであてがい続けたのではないか」

「それは、花輪さまのご想像でござりましょう」

「そうだ。だが、おれは、おまえが、なんらかの意図を持って貴連川に常陸介さまを籠絡させたと確信している」

「一体、なんのためでござります。あなたさまが最初にお越しになられた時、お話し申し上げましたように、てまえどもは喜多方藩に五万両の貸付があるのです。紀美姫さまお輿し入れを控える、この時期、殿さまに不祥事を起こさせて、御公儀から処罰を受けたら、どうなります。ようく、お考えください」

　十兵衛は目に暗い光を宿らせた。

「それは、おれが聞きたい。おまえ、なんのために、常陸介さまを追い込んだ。誰かに、命じられたか」

「誰かに？」

　十兵衛は薄笑いを返してきた。征史郎はその、人を馬鹿にした表情に怒りがこみ上

げたが、ぐっと飲み込むと、

「尾張方面とか」

努めて平静を装った。十兵衛は薄笑いを浮かべたまま、

「またも想像ですか。花輪さまがどのようなこと、ご想像されようが勝手と存じますが、これだけは申しておきます。わたくしは、断じて矢上のお殿さまを貴連川に籠絡させたりしておりません。それと、喜多方藩へは五万両の貸付があるのです。それが、返ってこないような、こと、致すはずがございません」

十兵衛はきっぱりと言い切った。

征史郎はこれ以上話すことの無駄を思い、両口屋をあとにした。


征史郎が去ると、隣室に繋がる襖が開いた。侍が入って来た。

「しつこいのう」

「とにかく、やたらと嗅ぎ回っております」

「今さら、どうなるでもないが、ちと、うざったいのう」

侍は口を曲げた。

「確かに」

十兵衛は静かに答えた。

征史郎は既に陽が暮れた柳原河岸を歩いて行く。往来には人影はなく、時折腹を空かせた犬が舌を出しながら走っている。木枯らしが土手の柳を揺らす。

右手に柳森稲荷の鳥居が見えた。菰《こも》掛けの小屋が並んでいる。この辺りは、昼間になると菰掛けの古着屋が立ち並び、ずいぶんと賑わっているが、陽が暮れると小屋は畳まれ、人気《ひとけ》がない。

まれに柳の木陰に夜鷹が潜んでいる。

「おい、もうそろそろ、いいだろう。誰もいないぞ」

征史郎は振り返った。漆黒の闇に、黒い影が蠢《うごめ》くのが感じ取れた。

「どうした、さっさとすませよう」

征史郎は哄笑《こうしょう》した。蠢きが土手を駆け下りてきた。やくざ者と浪人という二人である。

「両口屋に雇われたか」

征史郎は声を放ったが答えは返ってこない。

代わりに、やくざ者は匕首《あいくち》を、浪人は刃を向けてきた。やくざ者は匕首を腰だめにして突きかかってくる。征史郎は体《たい》をかわし、襟首を摑むと菰掛けの小屋に頭からぶつけた。やくざ者は悲鳴を上げ、小屋ごと往来に倒れる。

浪人が征史郎の背後に回った。征史郎は素早く振り向くと大刀を抜いた。

浪人は抜き身を下段から斬り上げてきた。征史郎は上段から斬り下げた。刃がぶつかる鋭い音と火花が飛び散った。浪人は刀を構えなおすと、今度は横薙ぎに振り回してきた。征史郎は跳び上がり、上段から大刀を振り下ろす。浪人の大刀は真っ二つに折れた。

征史郎は浪人の襟首を摑み、やくざ者が倒れ伏している小屋に叩きつけた。やくざ者と浪人は二人折り重なって、小屋と共に倒れ込んだ。

「おい、両口屋に小屋を弁償させろよ」

征史郎は大刀を鞘《さや》に納め、悠々と立ち去った。

その足で、征史郎は忠光の屋敷を訪れた。

書斎で対面した忠光は、心労がたたっているのか頰がこけ、目が充血している。行灯《あんどん》の心もとない灯りにも困憊《こんぱい》の様子が読み取れる。

征史郎は吉原で聞いた、両口屋十兵衛による吉友籠絡を語った。忠光は、黙って聞いている。時折、充血した目を閉じたり、細めたりして征史郎がもたらす情報を吟味しているようだ。

「して、両口屋、認めたのか」

「いいえ、断固として」

「で、あろうな」

「自分が常陸介さまを乱行に走らせて、一体なんの得があるのか、と逆に聞いてまいりました」

「ふん、食えぬ奴よ」

忠光は舌打ちした。

「いかが、致しましょう」

征史郎は考えあぐねていた。

「いかがするも、何も、常陸介殿隠居、尾張勝元さま養子入り、そして喜多方藩の新藩主となられることは、もはや幕閣において決し、上さまの裁許も下りたことじゃ。来月にも、勝元さまは上さまの拝謁を得る。喜多方藩主としてな。今さら、どうにもならん」

忠光は重いため息を吐いた。

尾張家に力をつけさせてしまった。尾張家の力が増すということは、田安宗武を支援する勢力が勢いづくことになるのだ。

「それから、これを」

征史郎は一連の喜多方藩騒動を扱った瓦版を見せた。忠光は素早く目を通すと、

「おのれ」

忠光は歯噛みした。

「東田は切腹、大岡は出仕停止か」

「やはり、尾張家か田安卿が流したものでしょうか」

征史郎は瓦版を懐に仕舞った。

「おそらくはな」

「すると、出雲守さま失脚を企んでおるのでは」

征史郎は声を潜めた。

「そう考えるのが当然だ」

忠光は思案を巡らすように黙り込んだ。

三

十一月も半ばになった。忠光の出仕停止は解けない。

尾張徳川勝元は喜多方藩主に就任し、将軍家重の謁見を終えた。その間、瓦版は面白おかしく、矢上吉友遊興の様子を書きたてた。瓦版は必ず、切腹した東田を憫れみ暗に忠光を批判する内容になっている。

そんな、ある日、書斎で書見していた忠光を、

「失礼致します、御目付花輪征一郎さまが面談を請うてまいられましたが」

用人の声がした。

「花輪殿、うむ。書院にお通しせよ」

忠光はふと征史郎のことが思い出され笑みを浮かべた。

「突然の訪問、恐縮至極にござります」

書院に入ると征一郎は丁寧に頭を下げた。

「なんの、暇を持て余しておる身である」

忠光は苦笑してみせた。

「ご心中、お察し申し上げます」

征一郎は軽く頭を下げた。しばらく、雑談ののち、

「本日、まかり越しましたは、これでございます」

征一郎は懐中から瓦版の束を取り出した。忠光は無言で受け取ると、さらりと目を通した。

「無責任な町人どもの申す、くだらぬ話でございます」

征一郎は恐縮するように言い添えた。

「ついには、高師直《こうのもろなお》扱いか」

忠光は自嘲気味の笑いを浮かべた。

それは、昨日撒《ま》かれた瓦版である。切腹した東田を塩谷判官《えんやはんがん》、忠光を高師直になぞらえていた。さらには、ご丁寧に、「仮名手本忠臣蔵」の判官切腹の場が絵に描かれている。

「まさか、これが、問題になっておるのですかな」

「はい。正直申しまして、近頃、御公儀には出雲さまの処罰が軽過ぎるという批判が上がっております」

征一郎は言った。

「なるほどな。して、こうした瓦版を撒かせておるのは、どなたかな」

忠光は淡々と問いかけた。

「どなたかが、恣意的に行っておると、お考えなのですね」

「でなくて、なんであろう。これは、明らかにそれがしを失脚させんとする行い」

忠光は語気を強めた。

「なるほど」

征一郎は口を閉ざした。

「花輪殿にもお心当たりがござろう」

「はあ、それが……」

征一郎は苦悩の色を浮かべた。

「いかが、された。申しづらいなら、それがしが申そう。尾張中納言さま、そして、田安宰相さま、あるいは田安宰相さまを将軍に担がんとする勢力じゃ」

「そこまで、はっきりと断言なさるからには、確たる証拠がござりますか」

征一郎はあくまで落ち着いた口調である。

忠光は唇を噛み締めた。しばらく黙り込んでから、

「確たる証拠はござらん」

悔しげに口を曲げた。

「して、本日まいられたのは、そのことを伝えるためかな。目付のそなたがまいるからには、それがしに対するなんらかの処罰があるものと、覚悟を決めようかとも思ったが」

忠光は征一郎の負担を和《やわ》らげるように表情を緩めた。征一郎はしばらく黙っていたが、

「御老中松平右近将監さまからは、この瓦版を出雲さまにお見せし、お城で出雲さまの処分が軽過ぎるとの批判が上がっていることも申し添え、ご進退をご自分で判断くださりますように、とのことでござります」

早口に並べ立てた。忠光はうつむいて聞いていたが、

「ははは、これはいい」

おかしげに笑い飛ばした。

征一郎は黙って見ている。忠光は肩を揺すって笑い終え、

「ご自分方の手は汚さず、あくまでそれがしのことはそれがしに片をつけさせようということか」

胸に怒りが込み上げてくるのか、顔が歪んだ。

「なにもそのようなこと」

征一郎は返す言葉もなく視線をそらした。

「わしは、切腹はせぬ」

忠光は鋭く言い放つ。

「わたくしも、賛同致します」

「ほう、わしに味方してくれるか」

忠光はわずかに頰を緩めた。

「目付という役職柄、味方ということはできません」

「目付という立場上、直参旗本の誰それを贔屓《ひいき》の目で見ては、詮議をせねばならぬことになった場合に差し障りがあるからのう」

「それも、ありますが。わたくしとて武士の端くれ。出雲さまは、武士の範である上さまの御側近くにお仕えなさるお方。武士たる者、自分の出処進退は自らの判断で行うもの。出雲さまが切腹の必要なしと、お考えならば、それを尊重するのが当然と存じます」

征一郎は毅然と言った。忠光は笑みを広げ、

「さすがは、花輪殿。よくぞ、申してくだされた」

大きくうなずいた。

「では、これにて」

征一郎は丁寧に頭を垂れた。

「ちょっと、待たれい」

忠光は手で制すると、

「御老中方に申し上げていただきたい。それがしを処罰したくば、評定所にて堂々と詮議なされい、とな」

告げた。征一郎は、

「しかと、承《うけたまわ》りました」

明晰な声音《こわね》で返し立ち上がった。そして、

「もし、そうなれば、わたくしが出雲さまを詮議する立場に立つことになるかもしれません」

静かに言い添えた。

「そうじゃな、そうなったら、遠慮することはない。あ、いや、そんなことをするそなたではないか。ははは」

忠光は声を放った。

征一郎はやわらかな笑みを残し去って行った。

（征史郎の奴、よき兄をもったものじゃ）

忠光は妙に征史郎のことが思い出された。

四

この日交わされた忠光と征一郎の会話は翌日に実現した。

すなわち、忠光は評定所に召喚されたのである。評定所は和田倉門外の伝奏屋敷に隣接している。寺社奉行、町奉行、勘定奉行の管轄がまたがる事件や御家騒動のような国家的な大事件、さらには直参旗本を裁いたりした。

幕府における最高裁判所である。

忠光は評定の間《ま》の末席に座した。老中松平武元が陪席し、北町奉行能勢肥後守頼一《のせひごのかみよりかず》、目付花輪征一郎が待っていた。

忠光は両手をつき、

「お召しにより、参上致しました」

武元が咳払いすると、

「ご苦労である」

　と、声を放ち能勢に視線を送った。

「実は、出雲殿。先月、須崎村のある寮において使用人夫婦が殺害されるという一件が起きました。寮の持ち主は日本橋室町の両替商両口屋十兵衛でござります。下手人は今もって不明ですが、目的は寮に囲われていた貴連川なる、元吉原の花魁をかどわかすことにありました。貴連川は十兵衛が身請けしたのです。ところが、その貴連川、かどわかされたにもかかわらず、下手人どもから返されたのでござる」

　能勢は淡々と事件の経緯を語った。忠光は正面を見据え、表情を消している。

「それで、町方としても当然ながら下手人を放っておくわけにはいきませぬから、取り調べを行っております。その取り調べにおきまして、両口屋十兵衛から妙なことを聞いたのです」

　能勢は将軍側近を前にして緊張の色を隠せず、しきりと懐紙で汗を拭った。忠光は、

「申されること、よく分かりませぬ。何がおっしゃりたいのか」

　見透かすように口を開いた。能勢は、

「これは、すみません」

　詮議をする方が詫びてしまった。武元は顔をしかめた。

「その、十兵衛は先代の矢上常陸介さまが吉原で乱行を繰り返しておること、目安箱に投書したことを申したのです」

能勢は汗を拭き拭き言った。忠光は表情を落ち着かせたまま、

「それで」

短く返した。能勢は、またも頭を下げかけたが武元の苦々しげな視線に気づき、

「出雲殿にあっては、矢上常陸介さまご乱行を知っていたことになり申す。それにもかかわらず、紀美姫さまの婚儀を進めたとは、不忠の行いと存じます。本日、これより、その不忠の行いを花輪が詮議致します」

能勢は役目を終えたとばかりに征一郎を見た。武元は、

「では、これより、詮議を行う。花輪」

征一郎を促した。ところが征一郎が腰を浮かせた途端、

「待たれよ」

忠光の鋭い声が発せられた。征一郎は腰を沈めた。

「どうも、ご趣旨がよう分からぬ」

忠光は強い眼差しで能勢を射た。能勢は気圧《けお》されるようにうつむきながら、

「ですから、今、申し上げましたように、出雲殿の上さまに対する不忠を詮議致すの

でござる」

早口になった。

「これは、異《い》なことを申される。拙者がいつ、上さまに対し不忠を働きましたかな」

忠光は尚、鋭い視線で射すくめた。

「ですから、目安箱に投書があったにもかかわらず」

能勢は声を励ましたが、

「待たれよ。目安箱の投書は上さまが直々《じきじき》にお読みになる。拙者が関知するものではござらん。もっとも、投書の内容により関係の役に差し下されることがありますから、必ずしも、上さまお一人しか投書を読まない、ということはないが」

忠光は平然と返した。能勢は口をもぐもぐさせ、反論の言葉を探している。すると、

「それは、そうだが、目安箱の投書を出雲殿が目を通されておられるのは公然の秘密でござる」

武元が見かねたように口を挟んだ。

「さあて、何を根拠にそのようなことを。拙者、まったく与《あず》かり知らぬこと」

忠光は口元をへの字にした。武元は袴を握り締め、

「花輪、詮議を致せ」

焦れたような声を出した。征一郎は武元に一礼し、忠光の前に進み出た。

「では、役儀により言葉を改める」

征一郎が静かに言った。忠光は丁寧に頭を垂れた。

「大岡出雲守、そのほう」

征一郎による詮議が始まったとき、

「待て、その前に、これを見よ」

忠光は懐中から一通の書状を取り出した。武元が、

「何を申す。詮議の場なるぞ。花輪、早く進めよ」

顔をどす黒く歪めた。が、忠光は一歩も引かず、

「喜多方藩二十万石が改易されてもいいと申すか」

声を放った。武元と能勢は息を飲み、征一郎は書状を受け取ろうと両手を差し出した。

「公儀御庭番からの復命書である」

忠光は言いながら征一郎に手渡した。

「公儀御庭番とな、喜多方藩に御庭番を派遣されたのか」

武元は顔をしかめた。

公儀御庭番とは八代将軍吉宗が創設した将軍直属の諜報機関である。普段は江戸城天守台近くの火の番小屋に詰め、火の廻りや城中の警護を行っているが、必要に応じて諸国探索の任務についた。

御庭番は御側御用取次が監督、管理している。従って、御庭番は御側御用取次の命令を受け諸国を探索し、復命書を作成して報告した。復命書は将軍に提出されたが、必要に応じて老中にも回覧された。回覧される際には、作成者の名前は削除された。

征一郎は復命書を武元に提出した。

武元は無言で読み進んだ。が、その表情から、ただならぬ報告がなされていることが窺えた。

「抜け荷が行われていると、報告がござる。藩財政建て直しのためとは申せ、御禁制の抜け荷を行うは、由々しき事態と存ずる」

忠光は淡々と言った。復命書には、唐渡りの薬種が長崎を通さず、新潟湊に運ばれ、喜多方藩はそれを受け取って、江戸の薬種問屋に売りさばいて利を得ているという。抜け荷品は朝鮮人参などの高価な薬種だった。

「出雲殿、これをいつ?」

武元はすっかり動転している。

「昨晩、届けられました。追いかけるように、評定所への召喚の通知がまいりましたので、この場に持参申した次第」

「尾張勝元さまが新藩主になられた矢先、このような大事が出来《しゅったい》するとは」

武元は唇を噛んだ。

「まさしく、大事にござるぞ」

忠光は言った。

「一刻の猶予もならぬ」

武元は視線を泳がせた。

「幕閣でご協議されたらいかがかな。場合によっては尾張中納言さまにも相談なさる必要がありましょう」

「そう、その通りにござる。中納言さまとて、ご子息の養子入り先の御家の大事、ご心配の限りでしょうからな」

「それと、大至急、喜多方藩の国家老飯尾監物を評定所に召喚されよ」

忠光はいつの間にか、武元に指示を与えていた。

「分かり申した」

武元の頭からは、忠光の詮議が抜けていた。

忠光は鷹揚にうなずくと、

「では、それがしは、出仕停止の身でござります故、これにて」

立ち上がった。

「出雲殿、大事なる報せ痛み入る」

武元は軽く頭を下げた。征一郎と能勢は深く頭を垂れた。


その日の晩、征史郎と吉蔵は忠光に呼ばれた。書斎である。忠光は、御庭番からの報告を語った。

「抜け荷とは、驚きましたな」

征史郎は言葉とは裏腹にのんびりした声を出した。

「婚儀が破談となってから判明し、不幸中の幸いであったな」

忠光は安堵のため息を漏らした。

「喜多方藩はどうなるのでしょう」

吉蔵が聞いた。

「今後の詮議次第であるが」

忠光は思案を巡らすように腕を組んだ。

「まさか、お取り潰しってことは」

吉蔵は征史郎を見た。

「それは、ないだろう。尾張家から新藩主が入ったんだ」

「さよう、改易はないと思うが、あまりに軽い処罰だと、天下に示しがつかん」

「そうなったら、また妙な瓦版が横行するでしょうな」

征史郎は肩を揺すった。

「瓦版ごときではすまぬ。もし、軽い処罰で終わらせたなら、批判の矛先は御公儀はおろか尾張家にも向けられるだろう」

「両口屋の奴、これが分かったら、さぞ、泡を食うだろう。五万両の貸付がぱあとなるかもしれんものな」

征史郎は鼻で笑った。

「尾張さまも思惑が外れ、あわてているでしょうな」

吉蔵は忠光を見た。

「うむ。おそらく、田安卿もな」

忠光はニヤリとした。が、征史郎は、

（木島殿はいかがされておられるだろう）

幸右衛門の身を案じた。

ところが、両口屋の客間では十兵衛と侍が喜多方藩抜け荷発覚を喜んでいた。

「北村《きたむら》さま、うまくいきましたな」

侍は尾張家用人北村左馬之助《さまのすけ》である。

「喜多方藩が抜け荷を行っているという噂を御庭番が城下に入った頃、ばら撒いておいたからな。その餌に、出雲め、食いつきおったわ」

「しかし、事実でないこと、取り調べが進めば判明するでしょう」

「ふん、ちゃんと、手は打ってあるわ。それに、御老中松平右近将監さまもお味方につけた」

北村はほくそ笑んだ。

「さすがは北村さま、万事に抜かりがございませんな」

「そうよ。これから、第四幕の開幕じゃ」

第七章　詮　議

一

五日後、喜多方藩主矢上勝元と国家老飯尾監物が評定所に呼び出された。

評定の場には、老中松平武元が陪席し、寺社奉行、町奉行、勘定奉行、目付が出席した。外様の大藩、しかも藩主は御三家筆頭の尾張家が連枝につらなる藩の不祥事を裁く場である。出席者全員は口を閉ざし、重苦しい空気が漂っている。

征一郎は末席に連なり、さすがに緊張の面持ちである。

皆押し黙ったまま勝元と監物の着座を待ち構えた。

やがて、昼九つ（十二時）を告げるお城の太鼓が打ち鳴らされ、

「喜多方藩主矢上常陸介勝元さま、家老飯尾監物さま、お着きにございます」

評定所番が濡れ縁を走って来た。評定の場には緊張の糸が張られた。

「喜多方藩主矢上勝元にござります」

勝元は縁に正座し両手をついた。背が高く、眉目秀麗な若殿さまである。声は凛《りん》として、臆することがまるで感じられない。

「さすがは、尾張中納言さまのお血筋」

ため息と共に、ささやきが聞かれた。

「同じく、国家老飯尾監物にござります」

飯尾も深々と頭を垂れた。白髪交じりの強情そうな老人である。枯れ木のように痩せ細って、小袖から覗く手は干からびた枯れ枝のようだが、顔には艶が残っていた。

「うむ、両名とも入れ」

武元が静かに声をかけた。勝元が立ち上がり、背筋をピンと伸ばして座敷に入ると、待ち構える一同を見回し、ゆっくりと腰を落とした。それを見届け、監物は前屈みの姿勢で進み、勝元の右斜め後ろに座り、恭《うやうや》しく頭を垂れた。

「本日、両名を召し出したのは、喜多方藩が御禁制の抜け荷に手を染めておる、という風聞がある。それを糾《ただ》さんがため、である」

武元が声を放つと、勝元は表情一つ変えずうなずき返した。ところが監物は、

「なんと、そのようなこと、あるはずもございません」

大きく表情を歪めた。武元は咳払いをし、

「黙れ、評定の場であるぞ」

大きな声を出した。監物はぴくんと身体を伸ばし、

「はは」

大きくうなだれた。

「以後、問いかけられたこと以外に勝手な発言はせぬように」

武元は声を落ち着かせた。

勝元も監物も慇懃にうなずいた。

「では、詮議は目付花輪征一郎が行う」

武元は征一郎に視線を送ってきた。大名の詮議は大目付が行うのであるが、二人の大目付とも病を理由に欠席していた。真実は、このような大事を詮議することへの躊躇であることは出席者も薄々分かっていることだが、ともかく丸く収めようと征一郎に任せることになった。

征一郎は緊張のせいか、老けて見える。

「では、役儀により言葉を改める」

征一郎は勝元と監物に向かって軽く頭を下げた。勝元は会釈を返し、監物は緊張のあまり頬を引き攣《つ》らせた。

「まず」

征一郎は御庭番の復命書に基づき自分で作成した書付を取り出した。抜け荷品の薬種を列挙していった。監物は頬を震わせた。

「これら朝鮮人参をはじめとする薬種、新潟湊より朝鮮国、清国の商人から手に入れ、一旦、喜多方領内に運び、それを江戸で捌《さば》いた。それに相違ないな」

征一郎は監物を見た。

「そのようなこと、あろうはずもござりません」

監物は声を震わせた。勝元は表情を変えず正面を向いている。

「当方の調べによると、喜多方藩の台所事情、はなはだ苦しい。莫大な借財を背負っておる。その借財を返済する目的で抜け荷に手を染めたのではないか」

征一郎は落ち着いた口調で聞いた。

「そのようなこと致すはずはござりません」

監物は借財返済のために行ってきた努力を、口角泡を飛ばさんばかりの勢いでまくし立てた。厳しい倹約、農地の開墾、国許の地酒の拡販である。

「我が藩は、このような地道な努力により、借財の返済に当たっておるのでございます」

「飯尾、どうあっても、抜け荷は認めんと申すのだな」

征一郎は静かに聞いた。

「はい、断じて」

監物は両手をついた。

しばらく、評定の場は重苦しい空気が支配した。征一郎は重いため息を漏らすと、

「では、致し方ござらん」

監物の目を見た。監物も征一郎の視線を受け止めた。

「当方の調べにより、本町三丁目の薬種問屋越前屋、北前屋、能登屋の証言では喜多方藩の藩士より、朝鮮人参を仕入れたとの証言が得られた。また、下屋敷の土蔵より、大量の朝鮮人参が見つかった。尚、その朝鮮人参だが、藩の帳簿には一切記されていない。つまり、貯えの品ではないということだ。これを、いかに返答する」

「そんな、全くもって覚えなきことにござります」

監物は汗まみれとなった。

「御公儀の取り調べ、でたらめと申すか」

征一郎の声は心持ちうわずったものになった。

「いえ、そのようなことは」

監物は両手をついた。

「では、認めるか」

監物は苦渋の表情を浮かべ、

「その、畏れ入りますが、薬種問屋どもに売ったと申されます、喜多方の藩士の姓名をお聞かせくだされ」

藁《わら》にもすがる目をした。征一郎は書付に視線を落とし、

「御用方木島幸右衛門と申す藩士だ。日付は十月十七日」

と、言った。監物は、

「木島……。まさか、木島が、そんなこと致すはずございません」

首を横に振ると、

「木島は薬種ではなく、酒の拡販に尽力しておったのです」

振り絞ったような声を出した。

「酒の拡販と共に、朝鮮人参の拡販にも精を出しておったのだろう」

武元が独り言のようにつぶやいた。評定の場に失笑が漏れた。

「では、これはどうかな」

征一郎は懐中から一通の書付を取り出した。それは、朝鮮人参に支払った代金に対する能登屋の領収書だった。末尾に印が押してある。

「十月十七日に木島が立ち寄った、能登屋から押収した。また、喜多方藩邸にある、木島の印が押された書付も取り寄せ、比較致したところ、印は一致した」

征一郎はあくまで冷静に述べ立てた。

監物の顔から血の気が引いた。

「間違いないようじゃな」

「たしかに、木島のものにござります。しかし、そのようなこと」

監物は唇を嚙み締めた。そして、顔を上げ、尚も反論しようとしたとき、

「動かぬ証拠のようですな」

それまで正面を向いていた勝元が征一郎に視線を向けた。征一郎はその涼やかさに思わず頭を下げた。監物は驚きの視線を勝元に向けた。評定所全体が勝元の言葉を待った。

「畏れ多くも、御公儀のお取り調べにより、こうまで証となるものが示された以上、もはや言い逃れはできません」

勝元は凛とした声を放った。

「殿、お、お待ちくだされ。木島にじかに話を聞くまでは」

監物は勝元に食い下がった。

「飯尾、評定の場である。これ以上、喜多方藩の名を汚すようなこと、致すな」

勝元はやんわりとたしなめた。歳若い藩主の毅然とした態度に感嘆の声が漏れた。

「は、はい」

監物は身体を震わせ、蜘蛛のように畳に這いつくばった。

「御禁制の抜け荷という大罪を犯したことが明らかとなった以上、当藩への御処罰、いかようなりとも、お受け致すものにござります」

勝元は両手をついた。

「では、これにて、詮議を終わります」

征一郎は武元を向いた。

「ただ今の詮議をもって、喜多方藩の罪状、明らかとなった。よって、評定所としては、なんらかの処罰を下さねばならん」

武元は部屋中を見回した。皆、どうした処分が適当か考えあぐねるようにうつむいている。

「処罰は十分に協議し、後日申し渡すと致す。よいな」

武元が言うと、

「承りましてございます」

勝元はまたも凜とした声を放った。監物は力なく頭を垂れた。

二

征史郎は屋敷の書斎で征一郎の帰りを待った。忠光から今日、矢上勝元、飯尾監物が評定所に呼ばれることを聞いた。なんとしても気になるところである。征史郎は五経のうちの一書を読みながら、いや、眺めながら座っていると、廊下を踏みしめる足音が近づいた。

「なんだ」

征一郎は継裃のまま征史郎と向かい合った。

「本日の御評定で、喜多方藩の詮議が行われたとか」

征史郎は待ちきれず、いきなり切り出した。

「なんじゃ。おまえ、すっかり、政に興味を抱きおって」

　征一郎は苦笑した。

「いかが、なりましたか」

「本日は、詮議じゃ。いわば、事実確認じゃな」

「どのようなことが詮議されたのですか」

　征史郎は抜け荷のことを口にするわけにもいかず曖昧な聞き方になる。

「それは、申せん」

　征一郎はにべもない。

「では、何か、喜多方藩に対してお咎めがあるのですか」

「うむ。なんらかの処分が下されるであろうな」

「どのような、処罰となりましょう」

「分からん。御老中方がお決めになる」

　返事をしてから、いぶかしげな顔をし、

「何故、喜多方藩に興味を持つのじゃ」

　小首を傾げてから、

「ああ、そうじゃったな。酒で意気投合した藩士がおるのだったな。たかが、酒の友の身を案ずるか」

征史郎は頭を掻きながら、

「いえ、たかが酒と侮ることなかれ。そのご仁の酒に対する情熱、なかなかに感じ入ったものにござります」

征史郎は喜多方誉れのうまさ、一緒に酒問屋を回ったことを話した。征一郎の顔に緊張したものが浮かんだ。

「して、その喜多方藩士、名をなんと申す」

「喜多方藩御用方、木島幸右衛門殿にござります」

「木島、間違いないか」

征一郎の声が鋭くなった。

「ええ、間違いございません」

「しかと、間違いないな」

征一郎は詮議のように念を押した。征一郎は小首を傾げながら、

「間違いござりません。それが何か？」

逆に問いかける。

「おまえ、薬種の販売に同行はせなんだであろうな」

征一郎は征史郎の問いかけには答えず、畳みかけてきた。

「薬種？」

征史郎は問いかけの意味が分からず戸惑った。

「朝鮮人参だ」

「朝鮮人参、いや、そんなもの、木島殿自身扱ったことなど、ないと存じます。なにせ、木島殿の喜多方誉れに対する打ち込みようと申したら」

征史郎は、幸右衛門の喜多方誉れに対する情熱を繰り返した。征一郎は、眉間に皺を刻んだ。

「いかが、された。そんな怖い顔をされて」

「うむ。ちと、気になることがある。おまえ、木島殿と喜多方誉れとか申す地酒の売り込みを行ったのはいつのことだ」

「十月十七日でございます」

「十月十七日だと。馬鹿にはっきりと覚えておるではないか」

「はい。その日は大酒飲み大会の翌々日でございましたので、ことさらよく覚えております」

征史郎が言うと、征一郎は、

「間違いないのだな」

静かに念を押した。

「はい、なんでしたら、三州屋の藤蔵に確かめてください」

「藤蔵にじゃと」

征史郎は酒問屋を紹介してもらおうと前日に藤蔵を訪ねたことを言い添えた。

「なるほどのう。木島殿とは終日一緒だったのだな」

「はい」

「木島殿、印鑑を失くしたと申しておらなかったか」

「はい、よくご存知で」

征史郎は言ってから、

「すられたそうですよ」

吉原の帰りに幸右衛門がすられた現場に居合わせたことは伏せた。

「まことか」

征一郎の声はかすかに震えた。

「はい、困ったと申されておられましたから、よく覚えております」

「そうか」

征一郎は思案を巡らすように目を瞑った。

「いかがされたのです。木島殿がどうされたのです」

征史郎は征一郎の態度にただならぬものを感じた。

「おまえ、木島殿に会えるか」

「あ、はい」

征史郎は木島が国許に帰ったことは言わず、

「どうしたのです」

木島の身に降りかかった災いを確かめようとした。

「これは、くれぐれも内聞の話である」

征一郎は重い口調で念押しすると、評定所での詮議を語った。

「すると、木島殿が抜け荷品の朝鮮人参を売って歩いたという濡れ衣を着せられたのですね」

「国家老飯尾監物殿は頑《かたく》なに否定されたが、藩主勝元さまがお認めになられた。いや、事実とお認めになられたと申すより、これ以上の否認は評定所での心象を悪くするとご判断されたようだ」

「なるほど」

「まあ、勝元さまは藩主となられて日が浅い。藩内のご事情はお分かりにならないだろう。そんな時に、失態が降って湧いたように起きた。御公儀と正面きってやり合うことより、情状を斟酌されようとご判断なさったのであろう」

「お若いのに、出来た殿さまですな」

「さすがは尾張中納言さまのお血筋と、詮議が終わってから、誉めそやす声がしきりであったわ」

征一郎は勝元の涼やかな顔を思い浮かべ、感心したようにうなずいた。

「すると、情状は斟酌され、処罰は軽いものですむことになりそうですか」

「尾張中納言さまも黙っておられないであろうからな」

「わたくしとしては、木島殿にかけられた濡れ衣、なんとしても晴らしたいものです」

征史郎は身を乗り出した。

「ふむ、しかし、木島殿の濡れ衣が明らかとなれば、この詮議、根底から覆ることになる」

征一郎は顔を曇らせた。

「覆ってよろしいじゃないですか。木島殿の無実が晴れるということは、喜多方藩の抜け荷そのものが、疑わしいことになりませぬか。とすれば、喜多方藩は一切のお咎めから免れるのですよ」

征史郎は声を励ました。

「しかし、抜け荷そのものは、御庭番が調べ上げたのじゃ。よもや、間違いはないと」

「御庭番の探索に間違いはないかもしれませんが、何者かが仕組んだとしたら。現に、何者かが木島殿を騙《かた》り、あたかも喜多方藩が抜け荷品を売り歩いているように仕組んだではありませぬか」

「確かに」

征史郎の言葉に征一郎は短く返すのみだった。

「兄上、わたくしが、木島殿の無実を晴らしてごらんにいれます。兄上は、喜多方藩の詮議やり直しを上申してください」

征史郎は言葉に力を込めた。

「うむ、やるか」

征一郎は思案を巡らすように、ため息を吐いた。

三

翌朝、征史郎は吉蔵を伴い浅草猿若町に向かった。今朝、吉蔵が訪ねてくると、幸右衛門の詮議の一件を話した。征史郎は、

「そのすりを捕まえたい」

吉蔵に言ったのだ。吉蔵は即座に、

「あっしに任せてください」

征史郎を連れ出した。吉蔵は棒手振りの魚売りの格好のままである。

「すりは縄張りが決まっていますからね。束ねる頭目がおります」

「さすがは吉蔵だ。頭目を知っているんだな」

「ええ、任せてください」

二人は猿若町の裏長屋にやって来た。

「この長屋にいる、寅吉《とらきち》って男ですよ」

吉蔵は木戸に掛かった木札を見上げた。吉蔵が天秤棒を担いで入って行くと、

「ちょいと、今日は何があるの」

「家にも寄っとくれよ」

長屋の女房連中から声をかけられた。吉蔵は愛想笑いで返し、

「寅吉さんの所に呼ばれていますんで」

軽く頭を下げた。女房連中は、

「寅吉さんかい、いるよ」

けたけたと笑い、征史郎を不思議そうな目で見上げた。征史郎は笑みで返し、吉蔵のあとについた。寅吉の家は、井戸端近くの棟割長屋だった。

「寅吉さん、カレイのいいの届けに来やしたよ」

吉蔵は腰高障子を叩いた。

「ええっ、カレイ、そんなもの、頼んでいねえが」

甲高い声と共に腰高障子が開いた。小柄な男が姿を現した。男はすぐに吉蔵に気づき、

「ああ、そう言えば、頼んでいたっけ。忘れてた」

中に入れた。征史郎も続く。

「旦那、相変わらず、なりきってますなあ」

寅吉は感心したように吉蔵を眺めた。

「こちら、御直参旗本花輪征史郎さまだ」

吉蔵は天秤棒を置いた。

「ほう、御直参、それは、それは」

寅吉は言うと、手早く部屋を片付け征史郎と吉蔵を上げた。

「さあ、狭いとこですが」

「おお、悪いな」

「で、旦那、今日は？」

寅吉が聞いた時、
征史郎が身を乗り出した。寅吉はわずかに身構えた。

「おれから話そう」

「実は、先月の半ば、山谷堀でおれが懇意にしている侍が財布をすられた」

征史郎は幸右衛門がすりに遭ったときの様子を語った。

「で、その、すりに会いたいんだ」

吉蔵が言った。

「しかし、仲間を町方に売るわけにはいきやせんや。いくら旦那の頼みでもね」

寅吉は煙草盆を前に置いた。

「いや、これは、町方の取り調べじゃない。番屋にしょっぴくことはねえ」

吉蔵は笑顔を見せた。次いで征史郎が、

「実は、すり取られた侍は、財布の中に入れておいた、印判を悪用され、迷惑しているのだ。おそらくすりは何者かに頼まれておれの友人の財布をすったに違いない。だから、そのすりが誰に頼まれたか聞きたいのだ。おまえに聞いたことは、断じてしゃべらん」

顔を突き出すと、

「なるほど、そういうことですか」

寅吉は考えていたが、

「そいつ、左の頬に傷がありませんでしたか」

と、征史郎に視線を向けてきた。

「おお。あったとも」

「やっぱりか」

寅吉は薄く笑うと、

「紋吉《もんきち》って奴ですよ。浅草聖天町の醤油問屋の裏長屋に住んでいます」

「すまん」

征史郎は財布から一分金を取り出し、手渡した。寅吉は、首をすくめ礼を言った。

「これも、とっとけ」

吉蔵は盤台のカレイを炊事場の流しに置いた。

「こら、すいやせんねえ」

寅吉は頭を掻いた。

「一人で食えないだろう。長屋の女房連中にお裾分けしてやれよ」

吉蔵は言い残すと、征史郎と浅草聖天町へ向かった。


「紋吉、いるか」

吉蔵は紋吉の家の腰高障子を叩いた。返事は返ってこない。

「開けるぞ」

征史郎は苛立ったような声と共に腰高障子を開けた。誰もいなかった。

「ちぇっ、留守か」

征史郎が舌打ちをしたとき、

「近所の酒屋に行っているんですよ、じき戻りますよ」

隣から中年の女が顔を出した。

女は、紋吉が先月の初めから急に懐具合がよくなったと自慢し、毎日酒と博打に入り浸っていると、

「まったく、うるさくってかないませんよ」

嘆いてみせた。

「ほう、そんなにか」

征史郎が話に乗ると、女は鬱憤《うっぷん》を晴らすようにまくし立てた。

「昼まで寝てて、起きたら、酒を買いに行き、夕暮れまで飲んで、どっかへふいと出かけて行くんです。大方、博打か岡場所でしょうけど。それから、木戸が閉まる頃に仲間を連れて帰って来て、夜中遅くまで、騒いでいるんですよ」

「それは、かなわんな」

征史郎も顔をしかめた。

「懲《こ》らしめてやってくださいよ」

女は言うと、鼻歌が聞こえた。

「あ、帰って来た。あたしが、悪口言ったなんて黙っててくださいよ」

女は腰高障子を閉めた。

紋吉は、五合徳利をぶら下げ、こちらに向かって来る。

「おい、昼の日中っから酒か」

征史郎は紋吉の前に立った。紋吉は、

「なんだと」

不審な目で見上げてきた。が、すぐに、

「ああ」

巨漢の征史郎を思い出したのか、徳利を放り捨てて踵《きびす》を返した。

「こら」

征史郎と吉蔵は追いかける。紋吉は脱兎のごとく露地を走り抜け露地木戸の脇にある自身番に飛び込んだ。自身番では騒ぎが起き、焼いていた芋が散乱した。征史郎と吉蔵も中に踏み込んだ。

紋吉は、芋を投げながら裏手に飛び出すと梯子《はしご》を登った。火の見櫓に登るために備えてある梯子だ。どうやら、長屋の屋根をつたい逃げようとしているようだ。

征史郎は、

「逃げられんぞ」

大きく梯子を揺さぶった。紋吉の身体が揺れ、

「やめろ」

わめき立てながら落ちてきた。

「観念しろい」

吉蔵が紋吉の両手を摑み後ろ手にした。

「分かった、分かりやしたよ」

紋吉はふて腐れたように座り込んだ。

「おい、おれに見覚えあるな」

征史郎は見下ろした。

「ありやすぜ」

紋吉は横を向いた。

「よし、素直だ。で、木島殿、おまえがすった侍だ。木島殿から財布をすれと誰に頼まれた」

「氏素性までは、知らない」

紋吉は吉原を冷やかしたあと、日本堤を歩いているところを、

「身なりのいい、お侍さまに声をかけられやした。財布をすったら、駄賃をやるって」

前金で十両、成功したらもう十両もらったのだという。

「ですから、どこのどなたさまか、聞きもしなかったし、興味もなかったってわけで。こちとら、駄賃さえもらえばそれでいいんで」

紋吉は開き直った。

四

結局、それ以上のことは紋吉から聞き出すことができなかった。

「ともかく、木島殿を狙い、濡れ衣を着せた者がいることは間違いない」

征史郎は長屋を出ると言った。

「そうですね。そして、その者とは？」

吉蔵はぼそっと返した。

「う～ん、東田一派か、いや、そんなことはないな。飯尾派に抜け荷の罪を着せたとしても、まかり間違えば藩の存亡に関わる大事だ」

「そうですよ。すると、喜多方藩の外にいるってことになる」

「ひょっとして、尾張家か」

「尾張さまが、一体なんのために」

吉蔵は首をひねった。征史郎も首をひねる。

「そうだよな。せっかく、勝元さまが養子入りされ、新藩主となられた矢先だ。いや、待てよ。木島殿が財布をすり取られたのは、勝元さまが養子入りをされる前だった。まさか、尾張さまが勝元さまに養子入りをさせるために」

征史郎は空を見上げた。低く垂れこめた雲に覆われ、燕の群れが飛んでいく。

「それも、考えにくいですよ。養子先の藩が処罰を受けるようなことになったら、元も子もないですからね」

吉蔵も燕の群れを追った。

「すると、一体何者が」

征史郎は結局この疑問に立ち返った。

「若、どうしやす。これから」

「そうだな」

征史郎はどうしていいのか分からないように腕組みをしたが、

「そうだ、貴連川がどうなったか、ちょっと、見に行ってみるか」

野次馬根性が湧き上がった。吉蔵も、

「たしかに気になりますね」

にんまりとした。

征史郎と吉蔵は吾妻橋を渡り、須崎村に向かった。

「そう言えば、吉友さまはどうなさったのかな」

征史郎が言うと、

「さあて、ご隠居なすったということですけど、どうされているのですかねえ。江戸におられるのか、お国許に帰られたのか」

吉蔵は答えた。

須崎村の寮に着くと、使用人が二人庭を掃除していた。箒を手に、落ち葉を掃き清めている。

「落ち着きを取り戻してやすね」

吉蔵は征史郎を見上げた。二人は生垣越しにしばらく様子を窺った。

やがて、駕籠がやって来た。

「おい、こっちだ」

征史郎は吉蔵を伴い、駕籠の視界から届かない所まで移動した。駕籠の垂れが上げ

られ、

「なんだ、あいつ」

征史郎が舌打ちをしたように駕籠の主は両口屋十兵衛だった。

「どうしやした」

囁く吉蔵に、

「十兵衛の奴、婿養子の身だから、女を囲うなんて、とてもできない、なんて吐《ぬ》かしおったのだ」

征史郎は鼻で笑った。

「まあ、三千両も出したんですからね」

吉蔵は肩をそびやかした。

「行くぞ」

「もう、ですかい」

「ああ、十兵衛の奴が楽しむのをこっから眺めたくもない」

「違いねえですね」

「なら、喜多方藩の下屋敷に足を伸ばすか」

「分かりやした」

二人は冬枯れの田圃を眺めながら秋葉大権現に向かった。秋葉大権現の鳥居に到ったところで、ものものしい警護の侍に囲まれた駕籠が二つ連なっている。大名駕籠だ。駕籠に施された紋所はどちらも、

「三つ葉葵《あおい》じゃないか」

征史郎が囁《ささや》いた。

「ひょっとして、喜多方藩の下屋敷へ向かうのですかね」

吉蔵は声を潜めた。

「丁度いい。つけよう」

征史郎と吉蔵は大名駕籠のあとを追った。冬枯れの田圃が広がる畦道に不似合いな煌《きら》びやかな装飾を施した大名駕籠が進んで行く。行列仕立てではないが、警護の侍達は、いずれも屈強な体軀をした者ばかりだった。

「やっぱりだ」

吉蔵がつぶやいたように、二つの大名駕籠は喜多方藩邸の表門の中に消えていった。駕籠が入ると門は固く閉ざされた。

「喜多方藩がらみの葵の御紋」

征史郎はニヤリとした。

「一つは、尾張さまとして、もう一つは」

吉蔵は、葵の紋所を使用できる、

「紀伊さま、水戸さま、田安さま、一橋さまのいずれか」

一応、並べ立てたが、

「田安さま」

二人は同時に声を発した。

「なにせ、田安さまと尾張さまは親交が厚いと出雲さまも口にしておられたからな。よく、茶会を催されたり、花見をされたりとお互いのお屋敷を行き来なさっておられるらしい」

征史郎が言うと、

「すると、田安さまが尾張さまに誘われ、ご子息勝元さまをお訪ねになられたのでございますね」

吉蔵は固く閉ざされた門扉を見上げた。

「問題は、訪問の目的だな」

「矢上家が抜け荷の罪状を詮議されている最中の訪問、単に宴を張るだけとは思えません」

二人は、番士の視線から逃れるように表門を通り過ぎた。

「当然、今回の一件を協議するためだろう」

「矢上さまの大事は尾張さまにとっても大事、尾張さまと懇意にしておられる田安さまにとりましても大事、ということですか」


その日の晩、征史郎はまたしても征一郎を訪ねた。紋吉のことを報告し、

「このうえは、木島殿の濡れ衣を晴らしてくだされ」

力強く言った。

「うむ、だが、おまえ、よく、その紋吉とか申すすりを見つけられたのう」

征一郎は妙に感心した。征史郎は、

「いや、その、たまたまです」

早口になって、たまたま浅草寺を散策していた時に遭遇したと、

「いや、運が良かった」

頭を掻いた。征一郎は、「そうか」とさしたる関心を向けず、

「木島殿が抜け荷に関わっておらぬとしても喜多方藩が抜け荷を行っておらぬことにはならない。が、詮議をし直す口実にはなる」

深刻な顔つきになった。

「でしょ、是非そうしてください」

征史郎もにじり寄る。

「一度詮議を終えた一件を再度し直すにはよほどの事情が必要じゃが、これは喜多方藩という、外様の雄藩の存亡に関わる大事じゃ」

征一郎は目に決意の炎を立たせた。

第八章　陰　謀

一

征一郎は江戸城中奥の老中御用部屋に松平武元を訪ねた。控えの間で待たされることと一時（二時間）あまり、

「待たせたのう」

入ってきた武元の顔は心なしか緊張の色が浮かんでいる。

「ご多忙の中、面談いただきまして恐縮至極にございます」

征一郎は丁寧に前置きした。

「うむ。して、火急の用向きとは？」

「はい、喜多方藩抜け荷の一件にございます」

「ほう」

「詮議、やり直しを上申にまいりました」

「やり直しじゃと」

武元はいぶかしげな顔になる。

「はい、実は」

征一郎が木島幸右衛門の一件を持ち出そうとしたとき、

「よい、その一件は落着した」

武元は語調鋭く制した。

「ですが、見過ごしにできぬ詮議の誤りがございました。このままでは、喜多方藩御用方木島幸右衛門は濡れ衣を着せられたままにござります。さらに申せば、喜多方藩自体、果たして抜け荷を行っていたのか、疑念が生じます。何とぞ、今一度の詮議をお願い申し上げます」

征一郎は両手をついた。武元は黙って聞いていたが、

「落着したのじゃ」

ぽつりと漏らした。征一郎はがばっと顔を上げ、

「ですが、そこを枉《ま》げて」

「花輪、それ以上申すな」

武元は手を差し出し、制した。征一郎は納得がいかない風で唇を嚙み締めた。

「実は、喜多方藩主矢上勝元殿より、御公儀に対し、こたびの不始末として領知十万石返上の申し出があった」

武元は淡々とした口調で話した。征一郎は口をあんぐりとさせたが、

「十万石とは、喜多方藩の領知半分に相当するではございませぬか」

我に返ったように漏らした。武元は、

「いかにも。領知半分を天領にすると申し出られたのじゃ」

重々しいうなずきをした。

「なんと」

「我ら幕閣で協議し、了承することと致した」

「勝元さまへの御処罰は？」

「それは、厳重注意ということで落ち着きそうじゃ。なにせ、藩主とは申せ、ご就任間もないことじゃからな。藩の実情に付き、ご存知なかったとしてもさほどに責められるべきではない、と我ら判断した」

武元は笑みを浮かべた。

「領知半分が減封とは、藩士や領民どもは納得するでしょうか」

「それは、矢上御家中の問題じゃ」

「それは、そうですが」

「いずれにしても、十万石が天領になるのじゃ。財政困窮の中、御公儀にとっても大いにありがたき話」

　武元は笑みを広げる。

「ですが、もし、評定が誤りとあれば」

　征一郎は腹から絞り出した。

「黙れ！」

　武元は目を引き攣《っ》らせた。征一郎は両手をつく。

「もはや、評定は決したのじゃ。喜多方藩が抜け荷に手を染めていたことは明らかであり、それを踏まえて、領知十万石を御公儀へ返上すると藩主が申しておるのじゃ」

　武元は声を震わせた。

「はは」

　征一郎は反論の余地が残されていないことを悟った。

「よいか、花輪」

武元は声を落ち着かせると、

「いらぬ、騒ぎ立てなど致すでないぞ」

扇子で征一郎の肩を叩き立ち上がった。

征一郎は無言で両手をついた。


翌日、征史郎は忠光の屋敷を訪ねた。征一郎に喜多方藩の処分を聞いたうえでの訪問である。

「領知半分を御公儀に返上とは、勝元さまも思い切ったことをなさったものですな」

征史郎は感嘆したように言った。忠光は鼻を膨らませ、

「してやられたわ」

吐き捨てた。

「と、申されますと？」

「尾張中納言さま、そして田安宰相さまよ」

忠光は苦いものが込み上げてくるのか顔をしかめた。

「はあ？」

征史郎はぽかんとした顔を返すのみだ。

「御公儀は喜多方藩から返上された十万石をいかにすると思う」

忠光は言うのももどかしいのか、しばらく口ごもっていたが気を取り直したように口を開いた。

「幕府の直轄地、すなわち天領にされるのでしょ」

「天領は天領だが」

忠光はよほど苦々しいものが込み上げるのか顔が歪んだ。

「天領は天領」

征史郎は気遣うように言葉をなぞった。

「十万石のうち、三万石を田安家、二万石を一橋家の所領とすることになりそうじゃ」

田安家と一橋家、のちに家重の次男が家を建てた清水家と合わせて、御三卿と称される三家は、尾張、紀伊、水戸の御三家に次ぐ家格を誇った。が、大きな違いは、御三家が大名家として領知経営に従事するのに対し、御三卿は領知経営を担《にな》わなかった。全国に跨がる天領から十万石の賄い領が与えられ、運営は幕府から出向した旗本が行った。

天領は天領という忠光の言葉には、こうした意味合いがある。

「なんと、そのような」

　征史郎は口を開けた。

「尾張中納言さまが献言なさり、松平武元殿が賛同なさったとか」

　忠光は忌々《いまいま》しげに舌打ちをする。

「どういうことでしょう」

「知れておる。田安卿の力を強めるためじゃ」

「それは、分かりますが。尾張さまにとって、利益がござりましょうか」

「遠からず、喜多方藩では今回の抜け荷に関して、藩内の粛清が行われる」

　忠光は脇息に身をもたせかけた。

「どのような、御処分が下されるのでしょうな」

「まずは、国家老飯尾は責任を取らされるであろう。それに、飯尾に連なる一派は処罰を受ける」

「ということは？」

「ということは、尾張家による喜多方藩乗っ取りじゃ」

「乗っ取りですと」

「飯尾一派を粛清したのち、勝元さまはお国入りされる。そのとき、尾張家から大勢の家臣団が加わる。つまり、藩の重職、要職を尾張家が担うことになるという次第じゃ。これを乗っ取りと言わずして、なんと申す」

忠光は薄ら笑いを浮かべた。

「そうか、あの駕籠」

征史郎は喜多方藩下屋敷に入って行った尾張家と田安家の駕籠を思い出した。

「なるほど、喜多方藩を意のままに動かし、田安家の力を強めるか」

征史郎は、つい、「うまいこと考えおった」と言いかけ、あわてて言葉を飲み込んだ。

そうだ。感心などしている場合ではない。幸右衛門はどうなるのだ。抜け荷品を取り扱った濡れ衣を着せられたままなのだ。飯尾と一緒に粛清されるのか。征史郎の胸を幸右衛門の実直な笑顔が過ぎった。

「まったく、よくも仕組んだものじゃ。してやられたわ」

忠光は自嘲気味に笑った。

「喜多方誉れはどうなるのか」

ふとつぶやいた征史郎に、

「喜多方誉れじゃと」

忠光はいぶかしんだがすぐに、

「わしへの詮議が改めて行われるであろう」

視線を落とした。

「出雲さまへの御詮議」

「そうじゃ。この前は喜多方藩抜け荷の一件をわしが持ち出したおかげで、詮議は中断されたからな。このままではすむまいて。田安一派はわしになんらかの処罰を求めてくるに違いない」

「まさか、切腹」

「ふふっ」

忠光は力ない笑みを浮かべ、

「それはないであろうが、御側御用取次を罷免のうえ、隠居、かもしれぬな。田安一派にとって、それで十分じゃ」

「なるほど、出雲さまさえお城から追い出せば」

征史郎は顔を曇らせた。

「その通りじゃ。畏れ多くも上さまは」

忠光はうつむいた。

言葉の不自由な家重は言葉を失うのだ。それでは、政を担うことはむずかしい。

「上さまは大御所に祀り上げられ、田安卿が将軍に」

忠光は畳を扇子で打った。

「なんとかせねば」

征史郎は野太い声を発したものの、良案が浮かぶはずもなかった。

二

征史郎は暗澹たる思いで屋敷に戻った。戻るとお房に、

「御殿でお客さまがお待ちですよ」

告げられ、

「客人、どなたじゃ」

「お歳を召したお武家さまです。いつか、お出でになられた」

お房の言葉を最後まで聞かずに征史郎は走りだした。

「木島殿」

征史郎は御殿の玄関で怒鳴った。

「まあ、そのような大きな声で。和子さま方がお昼寝しておられるのですよ」

女中頭のお清が現れた。

「木島殿はどちらじゃ」

征史郎はお清の言葉を無視して玄関に上がった。

「こちらです」

お清が顔をしかめ征史郎を玄関脇の客間に導いた。

「木島殿」

征史郎は襖を開けた。幸右衛門は、

「しばらくでござる」

屈託のない笑みをたたえた。旅の帰途とみえ、横に大刀のほか、背嚢と道中合羽、深編み笠を置いている。

「いや、心配しておりましたぞ」

征史郎は幸右衛門の前に座り、吉友隠居と尾張家の勝元が新藩主に就任したことを話した。抜け荷騒動のことは黙っていた。

「江戸家老東田殿には気の毒でありましたな」

「まったく、とんだ騒動でございました」

幸右衛門は笑みを消した。

「どうでござろう。ここは堅苦しゅうござります。わたしの長屋にでも」

征史郎は喜多方誉れを利根屋に持ち込んだことを話した。幸右衛門は何度も礼を繰り返したが、

「いや、そうもしておれません。ここで」

幸右衛門は丁寧に断りを入れてきた。それから、

「本日まいりましたのは、花輪殿の顔を一目見たかったからにござる。その目的が達せられました故、これにて失礼申し上げる」

立ち上がった。そして、ふと寂しげな表情を浮かべ、

「花輪殿に多大なご尽力をいただいたのですが」

うなだれた。

「まさか、喜多方誉れの拡販は」

「そう、できそうもござらん」

幸右衛門は客間を出た。たまらず征史郎も続く。

「あまり、大きな声では申せませんが、新藩主勝元さまは尾張から来られましたからな」

奥歯に物の挟まった言い方だが、幸右衛門の言わんとしたいことは分かる。尾張の酒は下り酒である。江戸の酒問屋でも取り扱っている。喜多方誉れの拡販はその妨げとなるのであろう。

「しかし、喜多方誉れは地廻りの酒問屋に扱わせるのですぞ」

「おっしゃること、分かります。しかし、藩の方針として江戸の酒問屋には扱わせぬということでござる」

「木島殿のご苦労が」

征史郎は唇を嚙み締めた。

「致し方ござらん。藩命には逆らえません。余計なことはするな。尾張さまの邪魔になるようなことはするな、ということでござりましょう」

幸右衛門は草鞋の紐を結び終わった。

「では、花輪殿。これにて」

幸右衛門は沈んだ顔を無理やり笑顔にした。頰が引き攣っているようにしか映らない。征史郎は、

「そうだ。わたしも出かけます。ちょっとだけ、おつきあいくだされ」

急いで雪駄を履いた。

「はあ。ですが、もはや酒問屋には」

「酒問屋ではございません。薬種問屋でござる」

「薬種問屋、はて」

いぶかしがる幸右衛門に、

「いいから、ちょっと寄るだけです」

征史郎は明るく声をかけ、玄関を出た。

屋敷から本町三丁目に向かう道々、

「本町三丁目には行かれたことございますか」

征史郎は問いかけた。本町三丁目は薬種問屋が軒を連ねている。

「通ったことはござる」

「薬種を買ったり、売ったりなさったことは」

「ござらん、それが?」

幸右衛門は怪訝な顔を向けてきた。

「いや、失礼。おつきあいいただければ、はっきりし申す」

征史郎は歩速を早めた。幸右衛門は小走りについて来る。

やがて、

「ええっと、ここか」

征史郎は能登屋の前で立ち止まった。

「この店が何か」

征史郎は幸右衛門の問いかけに答えることもなく、店の中に伴《ともな》った。板敷きの店には陳列棚に様々な薬種が並べられている。

「どうも苦手だな。この陰気臭い匂い」

征史郎は店内を見渡した。帳場机に座っている若い男に目を留めた。

「おい、ちょっと」

征史郎は丁稚をつかまえ、主人に用があると申し出た。丁稚はぺこりと頭を下げ、帳場机に向かった。若い男は満面に笑みをたたえながら、

「主人の正造《しょうぞう》でござります。てまえに御用でござりますか」

征史郎の前に立った。横には幸右衛門が不審な表情のまま視線を泳がせている。

「おまえ、朝鮮人参を売りにきた侍のことを覚えているであろう」

征史郎は単刀直入に切り出した。

「はい。喜多方藩のお侍さまでござりました」

正造は悪びれもせずに答えた。

「な、なんだと」

幸右衛門は正造の前に立った。

「な、なんでございます。てまえども、ちゃんと代金をお支払いしました。朝鮮人参を扱うのは御法度《はっと》ではございません」

正造は胸を張ってみせた。

「そうだ。朝鮮人参を扱うこと自体は御法度ではない。しかし、それが抜け荷で手に入れた代物《しろもの》となれば、話は別だ」

征史郎は辺りを憚《はばか》って正造を店の隅に連れて行った。

「そのような、てまえどもは五代にわたってご当地で薬種を取り扱っております。五代目のわたくしが暖簾や看板に泥を塗るような真似は致しません。あの朝鮮人参は、矢上さまが大量に所有なさっておられたものを、お売りに来られたのでございます」

正造の顔から偽りの表情は浮かんでいない。

「なんと申す者が売りに来たのじゃ」

幸右衛門が聞くと、

「御用方木島幸右衛門さまでございます」

即座に回答し、

「金子領収の証文もござります。なんでしたら、お目にかけましょうか」

と、帳場机を振り返ったが、

「よい、それより」

征史郎は、

「こちらの方であったか」

幸右衛門を指し示した。

「いいえ、もう少し、お若い、そう、四十路《よそじ》前後の日に焼けたお武家さまでした」

今度も正造は即座に答えた。幸右衛門は当惑の表情を浮かべた。

「分かった。忙しいところ、邪魔をしたな」

征史郎は幸右衛門を伴い、店を出た。正造は、

「あの、それが何か」

気になるのかしつこく問いかけてきたが、

「もう、いいのだ」

征史郎は振り返ることもなく往来の雑踏に紛《まぎ》れた。

三

征史郎と幸右衛門は茶店に入った。

葦簾《よしず》張りの隙間から覗く空は、厚い雲が低く垂れ込め黒みが差している。雪が舞ってきそうだ。

茶と草団子を注文し、

「実は、木島殿がお国許に帰られておられる間」

征史郎は評定所で喜多方藩の抜け荷が詮議され、幸右衛門が朝鮮人参を能登屋で捌《さば》いたことが証拠立てられたことを話した。

「なんと、そのようなことが」

幸右衛門はただ驚くばかりである。茶と草団子が運ばれ、無言で受け取ると視線を落としたまま草団子を口に入れた。

「そう言えば、思い当たることがござる」

幸右衛門は草団子を茶で流し込むと辺りを見回した。店の中は行商人風の男が数人、一服しているくらいだ。往来は相変わらず、どこから湧き出てきたかと思うほどに雑多な人間で満ち溢れている。

が、征史郎と幸右衛門に関心を向けてくる者はいない。それを確認したうえで、

「国許から火急の使者がまいりまして、帰国したのでござるが、それが、なんとも奇妙な次第であったのです」

幸右衛門は上司から帰国を命じられた。喜多方誉れ拡販の様子を報告せよということだった。ところが、帰国してみると、

「そのような命令は出しておらん、ということでござった。拙者、狐につままれたような気持ちになって、しばらくの間、酒蔵を回り杜氏たちに江戸での評判を話して聞かせたのでござる。それが、今度は直ちに江戸に戻れという、飯尾さまからの使者が国許に差し向けられまして」

幸右衛門は、深くは考えず江戸に戻って来たのだという。

「そうか。つまり、木島殿に江戸におられては不都合な者たちの仕業」

征史郎は幸右衛門の財布をすり盗った男が見つかったことを話した。

「一体、何故、そのようなことを」

幸右衛門は当惑するばかりだ。

どうやら、新藩主勝元の就任は聞いているが、その直後、喜多方藩にかけられた抜

け荷の罪状のこと、評定所での詮議、そして、

(十万石を公儀に返上することは藩内には知らされていないのか)

征史郎はゆっくりと茶を飲み干した。

「いや、思いがけないできごとばかり、拙者、どうしてよいやら」

幸右衛門は首を振った。

「行きましょう」

征史郎は立ち上がった。

「何処へ?」

幸右衛門は戸惑いの目で見上げてきた。

「喜多方藩邸でござるよ」

「藩邸、上屋敷でござるか」

「そうです。木島殿、これからお戻りになるのでしょう」

「はい。飯尾さまへ呼ばれておりますからな」

「わたしも会わせていただきたい」

「花輪殿が、はあ」

「さあ、行きましょう、一刻《いっこく》の猶予もなりません。喜多方藩存亡の危機でございます

ぞ」

「はあ」

領知減封を知らない幸右衛門は戸惑うばかりだが、

「釣りはいらん」

征史郎が勘定をすませ、大股で歩きだしたので有無を言う暇もなく追いかける羽目になった。

征史郎は幸右衛門の長屋で待たされた。邸内は、何ごともないように落ち着いている。半時ほど待たされてから、

「花輪殿、お待たせ致した」

幸右衛門が駆け込んできた。征史郎は大刀を置くと幸右衛門に伴われ、御殿に向かった。征史郎は羽織くらい着て来ればよかったと勝虫小紋の小袖を見た。が、幸右衛門はそんなことにはお構いなく、飯尾へは征史郎のことを喜多方誉れ拡販に尽力してくれた人物と説明したという。

「たまたま、行き逢ったので長屋にお連れしたと。そうしましたら、御家老が是非お目にかかりたいと申されて」

ということらしい。

幸右衛門は築地塀に沿って奥へ進み、御殿の裏手に出た。桜や楓、桂の木が植えられた大きな池のほとりに小高い丘があった。そこに、

「御家老は、茶室でござる」

幸右衛門が指差したように数奇屋造りの茶室が設けられていた。

「あ、いや、拙者、茶の方の心得はまったく」

征史郎は頭を掻いたが、

「そんなもの、必要ござらん。人目につかぬ場所が良いとの判断でござるよ」

幸右衛門は緊張をほぐすように言うと、

「失礼致します。花輪殿をお連れ致しました」

にじり口で片膝をついた。

「うむ。入れ」

低いが明晰な声が返ってきた。幸右衛門はにじり口を開け、

「花輪殿」

征史郎に一礼した。征史郎は気分を落ち着かせるように軽く咳払いをすると身を屈めた。

「失礼致します」

せまいにじり口とあって、征史郎は窮屈そうに奮闘しながら茶室に入った。

「さ、どうぞ」

飯尾は茶釜の横に座っていた。八帖の座敷である。茶釜には湯気が立ち、いつでも茶を点《た》てられるように用意が整えられていた。

「直参旗本花輪征史郎と申します。縁ありまして、木島殿と懇意にしていただいております」

征史郎は飯尾の前に正座した。幸右衛門も入ってきた。

「喜多方藩矢上家国家老飯尾監物でござります」

飯尾は茶釜から身を征史郎に向け直し慇懃《いんぎん》に挨拶を送ってきた。

「木島から聞き及びました。喜多方誉れ拡販にいたくご尽力をいただいた、とか。まことに、痛み入ります」

「なんの、拙者、根っからの酒好きでして。畏れながら、喜多方誉れに惚れ込んだのでござります。それと、こちらの木島殿の情熱にも心打たれました」

征史郎が言うと幸右衛門ははにかんだようにうつむいた。

「それが、残念なことに、喜多方誉れは江戸では」

飯尾はうつむいた。

「尾張さまのご意向でござりますか」

「まあ、その」

飯尾は言葉を濁した。

「ところで、こたびの抜け荷の一件、木島殿に故なき濡れ衣がかけられましたな」

征史郎が言うと飯尾と幸右衛門の顔に緊張が走った。飯尾はしばらく征史郎の顔を見ていたが、

「花輪殿、もしや、御公儀御目付花輪征一郎殿のお身内か」

聞いてきた。

「いかにも、弟でござる。もっとも、兄とは正反対の不出来者ですが。ははは」

征史郎は場を和ませようと笑ってみせた。幸右衛門は、

「それは、それは」

驚いたが、

「いや、別に隠していたわけではござらん」

「まあ、それは、いいとして、評定の一件、兄上からお聞きになられたのですな」

「はい」

征史郎は返事をしてから、縁あって喜多方藩の藩士と知り合った、ついては、評定所で喜多方藩のことが詮議されているようだがと心配になり聞いたのだ、と付け加えた。

「兄とて、決して軽々しく評定の一件を話すものではござらん」

「いや、それは分かります。花輪殿の所作、武家として見事なものでござった。信頼できるご仁と思いました」

飯尾は言ってから、

「して、わたしに、面談を求めてこられたわけは」

四

「実は、拙者、御公儀の重職にあるさるお方の手足となって働いており申す」

征史郎は静かに切り出した。飯尾と幸右衛門の表情に驚きが浮かんだ。幸右衛門は征史郎と公儀の重職が結びつかず、驚きに加え戸惑いが加わっている。

「いや、そんな大した御役目ではござらん」

飯尾と幸右衛門に構えられ、征史郎はあわてて手を振った。それから、

「そのお方の用事で須崎村にある両口屋の寮に向かいました」

貴連川がさらわれた一件を持ち出した。飯尾と幸右衛門はうなだれた。

「あれは、飯尾殿のお指図でござりますか」

征史郎が聞くと、

「そこまで、ご存知とは、もはや隠し立てもなりませぬな」

飯尾は幸右衛門を一瞥した。幸右衛門は、

「まさか、寮に現れたという大柄な侍が花輪殿だったとは」

うなだれた。飯尾は、

「尾張家用人北村左馬之助殿が、尾張中納言さまのご意向を伝えにまいられたのでござる」

かねてより、飯尾は藩主吉友の乱行に頭を悩ませていた。このままでは、幕閣の耳に入り、紀美姫輿入れを前にして厳しい処罰が下ると思った。そこで、尾張家から勝元を藩主に迎えるため、吉友隠居を策した。

「万治三年の先例がござる」

飯尾は力なくつぶやいた。

万治三年の先例とは、仙台藩伊達家で起きた御家騒動である。乱行にふける藩主綱《つな》宗《むね》を親族大名や家老たちが無理やり隠居させた一件である。

「なにせ、紀美姫さまお輿入れを控えた時期にござる。吉友さまご隠居だけでは、御家の存続、心もとなかった。尾張さまからの申し出はまさに渡りに舟でござったのだ」

つまり、御三家筆頭尾張家が後ろ盾になれば、これほど心強いことはない。

「おまけに、北村殿が申されるには、田安宰相さまもお肩入れをしてくださる、とのこと。拙者は、この話にすがって御家存続を図ったのでござる」

「それで、吉友さま乱行の証として貴連川を確保した。そのうえで、押し込みをなされたのですな」

「いかにも」

「木島殿は反対されたとか」

征史郎は飯尾から幸右衛門に視線を移し、若侍が自害したことを話した。幸右衛門はきっと顔を上げた。飯尾は、

「その通り、木島は手荒な真似に対し、反対した。ところが、わしは耳を貸さず、若い者を遣わした」

唇を噛んだ。

「わしは、連中が長屋で語っておるのを聞き、止めに向かったのでござる。じゃが、間に合わなかった」

幸右衛門が寮に着いたときは既に使用人夫婦は殺され、貴連川は下屋敷に移されたあとだったという。

「それで、とりあえず、下屋敷に向かったのでござる。せめて、殿の寵愛を受けたご仁を丁重に扱えと、釘を刺しに行ったのですが。それにしましても、あの夫婦には気の毒なことをしました。それに、武藤《むとう》も、あたら、若い命を」

「武藤というのが、あの自害した若者ですか」

征史郎は若侍が自害したときの様子を思い出した。

「はい。武藤一郎太《いちろうた》、御用方のわが配下でござった」

「すみません。わたしがもう少し、慎重に対応しておれば」

征史郎が唇を嚙み締めると、

「いや、花輪殿に落ち度はござらん。聞けば、花輪殿に喜多方藩の者たちは刃を向けたとのこと、藩士の無礼をお詫びせねばならんのはこちらでござる」

幸右衛門は頭を下げた。飯尾も、「いかにも」と頭を下げる。征史郎は、

「ときに、貴連川が両口屋十兵衛に身請けされ、寮に囲われたこと、どのような手立

てでお知りになられたのです」

飯尾を見た。

「北村殿から報せが届いたのでござる」

「なるほど、そういうことか」

征史郎は視線を宙に泳がせてから、

「少々耳に入ったのでござるが、このたびの抜け荷の罪状に鑑《かんが》み、藩主勝元さまは御公儀に対し、領知十万石を返上なさるとか」

「まことにござりますか」

幸右衛門は飯尾を見た。飯尾は苦渋の色を浮かべ、

「われら、藩の重職にある者、皆こぞって反対申し上げたのだが」

「勝元さまは、お聞き入れにはなられなかったのですね」

幸右衛門は言葉を失ったように首を振った。

「抜け荷の罪状が明らかになった以上、もはや言い逃れはできない。と、そうおっしゃるばかりでござった」

「しかし、飯尾殿、抜け荷の罪状は明らかとなっておりません。現に、木島殿は濡れ衣を着せられたのでござりますぞ」

征史郎は、本町三丁目の薬種問屋能登屋を訪れた一件を語った。飯尾の顔からみるみる血の気が引いていき、唇は真っ青に震えた。

「なんということを、一体、何者の仕業」

「尾張中納言さまと田安宰相さまが後ろで糸を引いておられることは間違いないでしょう」

征史郎の言葉は茶室に重苦しい空気を漂わせた。

「そんな、いくらなんでも」

幸右衛門はうめいた。

「このままでは、喜多方藩は領知没収のうえ、尾張さまに乗っ取られますぞ」

征史郎は語気鋭く言い放った。

「しかし、今さら、どのような手立てが」

幸右衛門はすっかり弱気になっている。飯尾は思案を巡らすように目を瞑《つむ》った。

「手立てならあります」

征史郎は励ますように大きくうなずいた。幸右衛門は征史郎の牛のようにやさしげな瞳に引き込まれるように顔を上げた。

「能登屋に木島殿の無実を証言させるのでござる。さすれば、喜多方藩にかけられし抜け荷の罪状は無実と判明します」

征史郎は言った。飯尾は、

「しかし、一旦、評定所で詮議が終わったことを再びお取り上げになることはございますまい」

飯尾は半信半疑である。幸右衛門はことの成り行きをはらはらと見ている。

「いや、そこでござる。必ず、再び詮議が行われるよう、わたくしが取り計らってごらんに入れます」

征史郎は胸を張ってみせた。幸右衛門は、ようやく笑みを浮かべ、

「あの、いかなる手立てにござるか」

期待のこもった眼差しを向けてきた。

「まあ、それは、お任せください」

征史郎は思わせぶりな笑いを残し、

「結構な、お点前でございました」

茶室をあとにした。

巨漢の征史郎がいなくなった茶室は妙に広々とし、解放感に満たされた。

「花輪殿にお任せ致しましょう」

幸右衛門は頭を下げた。飯尾は茶釜に向かった。

「そなたの話からも、また、面と向かって話をしてみても、あの花輪征史郎というご仁、信用してよいと思う。が、がじゃ」

「なんでござりますか」

飯尾は幸右衛門の問いかけにすぐには答えず、ゆっくりとした所作で茶を点てた。

「一服、どうじゃ」

飯尾は黒塗りの茶椀を幸右衛門の前に置いた。幸右衛門は頭を垂れ、茶椀を両手で持つ。

「評定所の詮議の場で勝元さまはわが藩の抜け荷をお認めになられたのじゃ」

茶釜の煮えたぎる音が無気味に響き渡っている。幸右衛門は茶を飲み干し、飲み口を懐紙で拭いてから、再び頭を垂れた。

「ですが、それは花輪殿も申されましたごとく、尾張中納言さまが糸を引いておられるのでござります」

「じゃが、一旦、藩主が認め、藩主の責任で領知を返上すると申し出たことを、白紙に戻すことは……」

飯尾は茶椀を手に取り、今度は自分のために茶を点てた。

「ですから、それは花輪殿を信頼して、お任せするわけにはまいりませぬか」

「信頼しておらぬわけではない。ただ、われらもよほどの覚悟がないとな」

飯尾は茶を飲み干した。

「もちろんでござります」

幸右衛門は言葉を返したが、

「よほどの覚悟じゃ。御家はなんとしても守り抜かねば」

飯尾は幸右衛門の言葉が聞こえないのか、何度も、「よほどの覚悟」という言葉を繰り返した。

幸右衛門の目に飯尾の顔はまさに鬼気迫るものに映った。

第九章　白銀の死闘

一

その翌日、江戸市中で配られた瓦版はまたしても喜多方藩騒動が飾った。喜多方藩が御禁制の抜け荷に手を染め、その疑いで評定所において詮議が行われた。喜多方藩の御用方木島幸右衛門が抜け荷品の朝鮮人参を本町三丁目の薬種問屋で売りさばいた、と、かなり具体的な内容が織り込まれていた。

日本橋の高札場近くの読売りから瓦版を手に入れた征史郎は吉蔵と茶店に入った。読売りとは、御政道批判や醜聞といったお上《かみ》に憚《はばか》るような内容を記載した瓦版を路上で面白おかしい呼び声と共に売り歩く連中である。

「これで、よかったんですかね」

吉蔵は瓦版をしげしげと眺めた。

「ああ、上出来だ」

征史郎は満足げに御手洗団子を頬張る。

この瓦版は征史郎が吉蔵に依頼して作成させたものである。吉蔵は懇意にしている瓦版屋にネタを提供し、出来上がったものがこの瓦版である。

「また、ひと騒動起きますね」

「起きた方がいいんだよ」

「今は、喜多方藩のネタは旬ですからね」

「そういうことだ。さて」

征史郎は茶を飲み干し、茶店を出た。

その頃、両口屋の客間では、

「北村さま、ようこそお出でくださいました」

十兵衛は満面の笑顔で尾張家用人北村左馬之助を迎えた。北村は不機嫌な顔で、

「両口屋、これを見たか」

瓦版を差し出した。

「はて、拝見致します」

十兵衛は瓦版を手に取った。目が点となり、すぐに戸惑いへと変わる。

「人の口に戸は立てられぬと申すが」

北村は怒りの形相をするかと思いきや、意外にも穏やかな表情をたたえた。

「まったく、江戸には噂話が好きな連中が多うございます。尾張中納言さまや田安宰相さまにおかれましては、お心を痛めておいでては」

十兵衛は北村を上目遣いで見た。

「いや、そうでもない」

「ほう、それは」

十兵衛は意外な顔つきをした。

「これで、喜多方藩の減封、世上に受け入れやすくなるというものだ」

「なるほど」

「それどころか、新藩主勝元さまのご評判は高まるであろうて。藩の非を認めた潔《いさぎよ》さをのう」

「さようでござりますとも。おまけに、前藩主吉友さまのご評判がご評判でござりましたので、尚更でござります」

十兵衛は肩を揺すった。

「吉友さまの評判を貶《おとし》めたのは、おまえではないか」

今度は北村が肩を揺すった。

「そんな、わたくし一人が悪者でございますか。あれは、あくまで、貴連川の色香に惑わされた吉友さまの不覚と申すものでございます。それに、絵を描いたのは北村さまでございますよ」

「ま、ともかく、ことは万事うまく運んでおる」

「では、領知減封のお沙汰は」

「近日中に上さまより、裁許が下されるであろう」

「大岡出雲守さまへの御詮議は」

「年内には行われる。まず、御側御用取次の罷免は免れんであろう。さすれば、上さまは、将軍職を全うなさること、叶わず」

北村はニヤリとした。

「いよいよ、田安宰相さまが将軍に」

十兵衛も顔を輝かせた。

「おまえも、両替商組合の肝煎《きもい》りだ。御公儀の公金も扱えるぞ。莫大な利を得るというわけだ」

「すべては、北村さまのおかげでございます」

十兵衛は深々と頭を垂れた。

「さあ、いよいよ終幕じゃ」


征史郎は本町三丁目の能登屋を訪れた。主人の正造を呼んで、

「これを見ろ」

瓦版を押しつけるように手渡した。

「はあ、拝見致します」

正造はおずおずと目を通した。見る見るうちに表情が硬くなっていく。

「まさか、こんな、どうせ、瓦版が記すようないい加減なことなのでは」

正造は信じまいと顔を歪めた。

「いい加減な内容でないことは、おまえ自身よくわかるだろう」

征史郎に言われ、正造はうなずくと、

「こんなことでは、店の看板に泥が」

肩を震わせた。

「このままでいいのか」

「いや、でも、どうしたらいいのか」

正造が往来に視線を移すと、

「ここが、噂の能登屋か、抜け荷に加担しそうな店だ」

これ見よがしに囃《はや》し立てる男がいた。吉蔵である。吉蔵の話に野次馬が群れ始めた。

正造は目を吊り上げ、

「悔しい」

吐き捨てた。

「ここは、身の証《あかし》を立てた方がいいのではないのか」

「身の証と申しますと、お奉行所へ訴え出よと。しかし、喜多方藩がからむ一件、町方でお取り上げになるかどうか」

「目安箱だよ」

征史郎はニヤリとした。

「目安箱でござりますか」

「直接公方《くぼう》さまへ訴えるんだ。それが手っ取り早いぞ」

「なるほど。そうですね。こうなったら、公方さまのお慈悲で」

正造の目に希望の炎が立ち上がった。

「よし、投書しろ。こういうことは早い方がいいぞ」

「はい、今からすぐに」

正造は征史郎に頭を下げると帳場机に向かった。

「名前と所も記すんだぞ。じゃないと、お取り上げにならないからな」

征史郎は声をかけると店を出た。人混みに身を任せると、

「首尾良くいきましたか」

吉蔵が傍らにやって来た。

「ああ、上々だ。しかし、おまえ、ああいうことをやらせるとうまいもんだな」

「それ、誉め言葉ですか」

吉蔵は肩をそびやかした。

「よし、出雲さまを訪ねるぞ」

征史郎は大股で歩みだした。


征史郎と吉蔵は書斎に通された。

「出仕停止が解かれる。明日、登城せよと松平右近将監殿より、使いがまいった」

　忠光は淡々と話した。

「それは、おめでとうござります」

　征史郎が言うと吉蔵も頭を下げた。

「ふん、めでたいものか」

　忠光は吐き捨てた。

「要するに、明日、喜多方藩の抜け荷の一件について上さまから裁許が申し渡される」

「十万石が天領に返上されることになるわけですか」

「それが、幕閣の決定じゃ。上さまはそれを裁許され、矢上勝元殿や老中方にお言葉をかけられる。その場に、わしが必要ということじゃ」

　忠光はこめかみに青筋を立てた。

「それで、わしの役割はお仕舞い」

「お仕舞いと申されますと」

「用ずみとなり、いや、用ずみどころか邪魔者でしかないわしを改めて詮議に及ぶだろう」

　忠光はよほど悔しいのか袴を握り締めた。

「そううまくことが運ぶとは限りません」

征史郎は吉蔵を見て思わせぶりにニヤリとした。忠光は、

「どういうことじゃ」

強い視線を送ってきた。

「ちょっと、面白い仕掛けをしてまいりました」

征史郎は瓦版を見せ、能登屋に行き、目安箱へ投書するよう仕向けてきたことを話した。忠光の頰に赤みが差し、目に輝きが戻った。

「そうか、でかした」

忠光は何度もうなずき、

「明日の登城が楽しみだ」

強い決意に満ちた顔をした。

二

翌日、江戸城表白書院において矢上勝元は将軍家重に拝謁した。

白書院は江戸城にあって大広間に次ぐ格式を持ち、大がかりな行事の際には大広間

と一体化して使われる。白書院で将軍と対面できる大名は、御三家、御三卿、加賀、薩摩、仙台などの四位以上の官位を持つ国持ち大名に限られた。

眩いばかりの金色の障壁画に彩られた広い下段の間で衣冠束帯《いかんそくたい》に身を包んだ勝元が控えている。部屋には、松平武元と大岡忠光も居並んでいた。やがて、御用坊主の、

「上さま御成り」

の声がかかると、みな一斉に平伏した。

襖が開けられ、家重が小姓を伴い上段の間に着座する。

上段の間から家重がぼそぼそと話す声がした。

「面《おもて》を上げよ、とおおせである」

忠光が家重の言葉を伝える。

「はは」

勝元は明晰な声を放ち、涼やかな顔をわずかに上げた。

「上さまに申しあげます」

武元が喜多方藩の抜け荷につき報告した。もちろん、前もって書面にして提出してある。

「この、不届きな行いにつき、評定所におきまして詮議を致しました」

詮議の内容についても評定所の書き役が書面を作成し提出ずみである。提出ずみであるが、武元は確認するように丁寧に説明した。それを家重は無表情で聞いている。

時折、確認を求めるように忠光に視線を走らせた。

そのたび、忠光は上段ににじり寄り、丁寧に言葉を添えた。

「以上の経緯をもちまして、喜多方藩の罪状は明白となった次第でございます」

武元は両手をついた。

報告の間、勝元は身じろぎもしないで両手をついている。

家重はぼそぼそと唇を動かした。

「松平右近将監、大儀であった、とおおせである」

忠光が言った。

「はは」

武元は慇懃に頭を下げてから、

「では、これにおります、矢上常陸介勝元にござりますが、抜け荷の罪状を真摯に受け止め、深く反省を致し、その証としまして領知二十万石のうち」

すらすらと言上している最中に家重の顔が歪んだ。すかさず、忠光がにじり寄り、

「はは」

頭を垂れてから武元に向き直った。

「右近将監殿、しばし、お待ちくだされ」

「はあ」

武元は口をあんぐりとさせ、勝元に視線を走らせた。勝元は緊張の表情を浮かべた。

忠光は家重の言葉を聞いている。武元と勝元はじりじりと家重の、いや、忠光の言葉を待った。やがて、忠光は武元を向き、

「上さまにおかれては、喜多方藩の抜け荷の詮議、いま一つ、得心がいかぬとおおせである」

鋭い視線を送った。武元はわずかにうろたえながらも、

「御言葉ではございますが、詮議の場におきまして、抜け荷の実態が明らかとなったのでございます」

言葉を選ぶように返答した。忠光はさらに、

「もそっと、詳細にご説明くださらぬか」

問いかけた。すると、

「畏れながら、わたくしがご説明申し上げたいと存じますが」

勝元が了解を求めた。忠光は家重ににじり寄り言葉を交わすと、

「上さまにおかれては苦しゅうない、とおおせである」

声をかけた。勝元は深く頭を垂れてから、

「当藩の御用方木島幸右衛門と申す者が本町三丁目の薬種問屋能登屋におきまして」

幸右衛門により朝鮮人参が売り捌かれたことを説明した。武元は落ち着きを取り戻した。

「以上が評定所の詮議の場で明らかになった事実でございます」

勝元は涼やかな顔をわずかに綻《ほころ》ばせた。

家重は忠光を呼び、何ごとか言葉をやり取りすると懐中から一通の書付を取り出した。忠光は両手で受け取り視線を走らせた。

「これは、なんと」

忠光は頬を紅潮させた。武元と勝元は怪訝な表情を浮かべ視線を交わし合う。

「昨日、目安箱に投函された投書である」

忠光は、投書を広げ武元と勝元に見せると、

「本町三丁目の薬種問屋能登屋からの投書である。能登屋は朝鮮人参を売りに来た侍は喜多方藩御用方木島幸右衛門を騙《かた》る侍であり、抜け荷品ではなく藩所有の朝鮮人参であると偽ったと申し立てておる」

笑みを広げた。

「それは」

武元は意外な成り行きに言葉が浮かばないのか口をつぐんだ。

「これが事実とすれば、常陸介殿、喜多方藩は濡れ衣をかけられたことになりますぞ。いや、吉報ではござらんか」

忠光は、しきりと、「吉報」を連呼した。

「畏れながら、詮議は既に決しておりますゆえ」

勝元は口をもごもごとさせた。すかさず武元も、

「常陸介殿が申される通りにござります。既に、詮議を終えた一件を今さら、ひっくり返すのは、いかがなものかと。現に、常陸介殿も詮議の結果を受けとめ」

言上したが、

「これは異なことを申される」

忠光は語気鋭く遮《さえぎ》り、

「喜多方藩の大事でござりますぞ。無実の罪に陥れられようとしているのかもしれないのでござるぞ。たとえ、わずかでも無実が明らかとなる可能性が生じてきたのなら、そこに望みを抱き、詮議のやり直しを求めるのが当然と存ずる」

勝元を睨み据えた。

「のう、常陸介殿」

「はい、勿体《もったい》ないお言葉にござります」

勝元は戸惑いの表情を悟られまいと平伏する。

「幸い、こうした投書があった。これが、事実かどうかは分からん。だが、取り調べを行う価値はあるのでは、と、上さまはおおせじゃ。上さまにおかれては、喜多方藩を心配なさっておられるのじゃ。破談になったとは申せ、紀美姫さまお輿入れ先の御家であられたのだからな」

忠光はゆっくりと視線を勝元から武元に移した。

「まったくもって、ご心中、お察し申し上げます」

武元は慇懃に頭を垂れる。

「常陸介殿、上さまの御慈悲じゃ。抜け荷の詮議はいま一度、やり直す。詮議は明日である」

忠光は勝元に微笑みかけた。

「はは。勿体なきこと、まことに痛み入ります」

勝元は平伏した顔を上げようとはしなかった。忠光は、

「以上の次第でござる。右近将監殿、詮議のやり直し、よろしくお取り計らいくだされ」

鷹揚な笑みを浮かべた。

武元は苦虫を嚙み潰したような顔を悟られまいとうつむいた。忠光は家重に向き直り、言葉を貰うと、

「矢上常陸介、大儀であった。喜多方藩の汚名がそそがれること願っておる、とおおせになられた」

笑顔を向けた。

「ありがたき幸せに存じ上げまする」

勝元は深々と頭を垂れた。

家重が退座すると、武元は不機嫌な顔で立ち上がり忠光に会釈すると白書院を出た。

三

その日、昼から江戸に雪が降った。

雪は見る間に町中に降り積もり、江戸に雪化粧を施した。征史郎と吉蔵は喜多方藩

下屋敷近くに来ている。辺り一面の田圃にも雪が降り積もっていた。

征史郎と吉蔵は、矢上勝元や尾張、田安が詮議やり直しの結果を踏まえて、なんらかの動きをするであろうとやって来たのだ。

「なにしろ、木島殿にかけられた嫌疑が怪しくなった以上、もう一つの証として奴らが仕掛けた下屋敷に狙いをつけるだろう」

征史郎は雪で覆われた表門を見た。

二人とも蓑《みの》と菅笠《すげがさ》を身につけている。菅笠も雪で真っ白になっている。

「下屋敷も当然、お取り調べということになるでしょうからね。今日のうちに、さらなる抜け荷品を運び込むって寸法ですか」

吉蔵は白い息を吐いた。

「そうだ、ごっそり運んで来るぞ」

征史郎もニヤリとした。

「若、ちと、あったまりやしょう」

吉蔵は腰に下げた竹筒を取り出した。酒を入れて来たのだ。

「おお、そうだな」

征史郎はニンマリすると酒を口に含んだ。

「よく降るな」

空を見上げ、手足をばたばたと動かした。雪は降りやまず、辺りは雪化粧どころか厚化粧になった。人気《ひとけ》はなく、深々《しんしん》と雪が降り積もっていく。

やがて、雪を踏む締める足音がした。抜け荷品を運んで来る行列のようだ。

「来たな」

征史郎と吉蔵は田圃に足を踏み入れた。うずくまって行列を待ち受ける。やがて、面前を通り過ぎた。三つ葉葵の紋入りの長持ちが三丁つらなり、前後左右を屈強な侍が固めている。

征史郎は、

「どうりゃ！」

行列の横っ腹に突っ込んだ。

行列は突然、雪の中から降って湧いた巨漢に算《さん》を乱した。ざわめきが広がり、征史郎を取り巻く。

「無礼者、尾張中納言さまより矢上常陸介さまへの進物の行列ぞ」

北村が怒鳴った。

「こら、田圃を荒らすでねえ」

吉蔵は農家から調達してきた肥桶《こえおけ》を担いで来た。次いで、

「何をする」

侍たちが騒ぎ始めたように、吉蔵は柄杓で肥を撒き散らした。行列は混乱し、真っ白な雪が足跡と肥で汚れていく。

征史郎は長持ちを蹴飛ばした。そこへ、長持ちの中から友禅染の小袖が飛び出してきた。侍があわてて拾おうとした。そこへ、吉蔵が肥をかける。

そこへ、
征史郎は三つの長持ちとも蹴飛ばして小袖を田圃に撒き散らした。

「何をしておる」

騒ぎを聞きつけた喜多方藩の下屋敷から警護の侍達が駆けつけた。行列の侍達は、駕籠を捨て、逃げ出した。

「こら」

征史郎は逃げ出そうとした侍を一人捕まえた。

「花輪殿」

幸右衛門が征史郎の横に来た。

「こいつをふん縛ってください」

征史郎は手拭で男に猿轡《さるぐつわ》を嚙ませた。

「かたじけない」

幸右衛門は礼を言うと、藩士を指揮して捕らえた男と散乱した小袖を回収した。

「ほら、ご覧くだされ。二重底になっております」

征史郎はひっくり返った長持ちを起こし、中を覗き込んだ。底板が外され、

「朝鮮人参でござる」

征史郎は朝鮮人参を取り出した。幸右衛門は受け取り、

「伊藤《いとう》殿、この通りでござる」

横に来た若い侍に朝鮮人参を示した。伊藤と呼ばれた侍は、うなずくと、

「しかと、確認いたしました」

丁寧に挨拶した。

「奴ら、尾張中納言さまからの進物と偽って、屋敷内に運び込み、隙をみて朝鮮人参を蔵の中へ入れようとしたのですな。この前のお取り調べで見つかったという朝鮮人参も同様の手口であったのでしょう」

征史郎は北村達が去った方を見やった。一面の銀世界である。

伊藤は藩士と一緒に、藩邸に戻って行った。

「御公儀の徒歩目付《かちめつけ》伊藤京太郎《きょうたろう》殿でござる。兄上が差《さ》し遣《つか》わされました」

幸右衛門は言った。

詮議やり直しを受け、征一郎は喜多方藩邸と能登屋に配下の徒歩目付を派遣したのだった。

「このありさまを見れば、誰でも喜多方藩にかけられた濡れ衣、明らかとなりましょう」

征史郎が言うと幸右衛門は、

「いや、まこと、世話になりました。これから、です」

頬を引き締めた。

「きっと、無実は明らかとなりますよ。今日の白雪のように」

征史郎は降り積もった純白の雪を見回した。


「若、暖まっていきますか」

吉蔵はにんまりした。

「おう、こう寒くちゃな」

征史郎は大きく伸びをした。二人は秋葉大権現の方に足を向けた。雪は降りやみ、切れた雲の間から青空が覗いている。

　畦道を雪に足を取られながら進んで行くと、

「待て」

　秋葉大権現の鳥居から侍達が現れた。

「朝鮮人参を取り戻しに来たのか」

　征史郎は鼻で笑った。

「それは、もういい。おまえ達の命が欲しいのだ」

　男は征史郎も吉蔵も知る由もなかったが尾張家用人北村左馬之助だった。

「そうか、だが、そらよ、ってやるわけにはいかんな」

　征史郎は哄笑した。

「軽口を叩けるのもそれが最後だ」

　北村は右手を上げた。

　鳥居からぞろぞろと侍が湧いてきた。

「おい、おい、ずいぶんと増えたじゃないか」

　征史郎は背伸びをして人数を確認した。三十人近くいそうだ。

「神社に後詰《ごづめ》を伏せておいたのだ」

北村は不敵な笑いを投げかけてくると、

「始末しろ」

声を放った。

「おれから離れるな」

征史郎は吉蔵に声をかけると畦道を蹴った。吉蔵は歯を食いしばり征史郎の後ろにつく。侍が二人、征史郎めがけて殺到してくる。

征史郎は大刀を抜くと抜き打ちに二人の胴をなぎ払った。真っ赤な鮮血が白雪を染める。征史郎はそのまま足を止めず、田圃に駆け下りた。それを取り巻くように侍が輪を作った。

吉蔵は征史郎の背中で田圃にしゃがむと雪を固め、

「そらよ」

侍達に向かって投げつけた。侍がひるむ。そこへ、

「どうりゃ！」

征史郎が斬り込んだ。二人の死骸が転がった。

しかし、大勢の敵が迫ってくる。征史郎はさらに前方に踏み込むと一人の脳天を、一人の胴を割った。息が荒くなり、さかんに白い息が出る。額からは汗が滲んでくる。

征史郎は菅笠と蓑を脱ぎ去った。全身から湯気が立ち上がる。

侍達は、暴れ牛のように荒れ狂う征史郎に気圧され、踏み込めないでいる。

「もたもたするな。相手はたった二人じゃ。包み込め」

北村が怒鳴った。

叱責によって止まっていた侍達の足が動きだした。征史郎と吉蔵を十重《とえ》二十重《はたえ》の輪に囲み、じりじりと輪を縮めてくる。

「若、あっちだ」

背中越しに吉蔵が囁いた。征史郎は素早く振り返った。こんもりとした雑木林がある。

「よし、一、二の三で行くぞ」

征史郎が言うと吉蔵はうなずいた。征史郎は大きく息を吸い、

「一、二、三！」

叫ぶと踵《きびす》を返した。吉蔵は雪の塊を目の前の輪に投げつける。一瞬、輪が乱れる。

そこへ間髪を入れず征史郎が斬り込んだ。輪が千切れた。

征史郎と吉蔵は全速力で林の中に入った。

林は、杉や桂が枝を縦横に伸ばし、雪に覆われている。二人は林の奥深く入った。

「何をしておる、追え！　林を囲め、逃がすな！」

北村は叫ぶと、自ら田圃の中を林めがけて走りだした。侍達も、林を目指す。ところが、焦りが生じているのと足元の悪さとで転倒する者が続出した。

が、どうにか林に辿りつき周囲を固めた。

木々の枝の隙間に征史郎の巨漢が見える。

「よし、仕留めてまいれ」

北村が言うと、五人が林の中に入って行った。

征史郎は大刀を抜き待ち構えた。吉蔵は枝を伝い杉の木に登った。

五人は一列縦隊になって征史郎に迫って来た。そうしないことには、枝が邪魔をして前方に進めないのだ。それればかりか、刀を存分に振るうこともできない。五人は窮屈そうに、やっとの思いで征史郎の間近まで到った。

すると、頭上の枝が大きく揺れ、降り積もっていた雪がばっさりと落ちてきた。吉蔵が枝を揺らしたのだ。五人のうち、後方の三人は思わぬ雪の攻撃に足をすくませたが、前を進む二人には雪がかからず、征史郎に突進した。

征史郎は大刀を前方に突き出した。

征史郎の刃は二人を串刺しにした。次いで、雪を払っている三人の前に立ち、大上段から振り下ろした。

二人は脳と首筋から血を流し昏倒した。残る一人は、恐怖に荒れ狂い刀を振り回したが、桂の枝と幹が邪魔をして思うように操れない。

征史郎は侍の恐慌をよそに落ち着いた所作で近寄ると大上段から大刀を振り下ろした。刀を握る右腕が雪に覆われた草むらに落ちた。侍は絶叫しながらのたうち回った。

「このままでは、いたずらに犠牲を増やすだけだ」

様子を見ていた北村は、侍たちを見回し、

「百姓家に行って、松明《たいまつ》を用意してまいれ」

白い息を吐きながら命じた。

四

「奴ら、持久戦に持ち込もうとしているんですかね。周りを固めたまま動きやしねえ」

吉蔵は杉の枝から周囲を見回した。征史郎は手拭で汗を拭い、懐紙で大刀の血糊を拭き取った。

「おいそれと攻め込んでも屍《しかばね》の山を築くだけだからな」

征史郎は横たわる五つの遺体を見下ろした。

「どうしやす、このまま様子を見やすか」

「そうだな、この寒さだ。いつまでも、見張っていられるものではない。きっと、緩みが出る。そこを狙って突破するか、それとも日が暮れるのを待つか」

「そうですね、そうしやしょう」

吉蔵は酒を一口含んだ。

征史郎は林の中で大刀を大上段から何度も振り下ろし、寒さを凌いだ。

「ああ、あいつら」

吉蔵が声をかけてきた。

「どうした」

征史郎は刀を振り下ろしながら吉蔵を見上げた。

「松明を用意してきやしたぜ」

「松明だと」

「きっと、燻《いぶ》り出す気でさあ」

吉蔵が言うと、時を経ずして林に松明が投げ込まれてきた。めらめらとした炎が立ち上がる。

吉蔵は枝を飛び降りた。

「畜生、おれ達を狸とでも思っているのか」

征史郎は舌打ちした。

「出て行くしかありませんね」

炎は迫ってくる。黒煙が立ち上り、焦げ臭い匂いが取り巻いてくる。木々が弾《はじ》ける音がした。

「どっちへ行く」

征史郎はむせ返った。吉蔵も咳き込む。

「ともかく、出て行くしかないな」

征史郎と吉蔵は手拭を雪に浸し鼻と口を覆うと外に向かって走りだした。比較的、火の回りが遅い一角を突破すると白銀の世界に出た。そこへ、

「出てまいったか」

北村が嬉しそうに立ちはだかった。あっという間に、侍達に取り巻かれた。

「観念しろ」

北村は勝ち誇ったように言い放ってきた。

征史郎は大刀を大上段に構えた。

刹那、

「花輪殿！」

幸右衛門の声がこだました。征史郎と吉蔵ばかりか北村達も思わず振り返った。幸右衛門は愛馬岩白を駆ってきた。岩白はそのまま侍達を蹴散らした。

散り散りとなった侍達に向かって征史郎の刃が襲いかかった。

すると、続々と喜多方藩士達が現れた。皆、徒歩で着物を襷《たすき》掛けにして全速力で駆け込んでくる。侍達は泡を食ったように算を乱した。ところが、北村はいち早くその場から脱走を図っていた。

「木島殿、岩白をお借りします」

征史郎は岩白に跨がると、

「久しぶりだな。また、頼むぞ」

首を撫でた。岩白は大きくいななくと前足を上げ、颯爽と走りだした。途中に刃を出してくる侍を征史郎は馬上から斬り伏せ、逃げる北村に迫った。

北村は白い息をぜいぜいと吐きながら畦道を目指す。

征史郎は大刀を鞘に納めた。

「往生際が悪いぞ」

征史郎は北村に追いついた。北村は一瞬、驚きの眼を向けてきたが、息を弾ませながら刀を抜いた。次いで、馬上の征史郎に斬りかかってくる。

「どうりゃ！」

征史郎は馬上から足蹴《あしげ》にした。北村の身体は後方に吹き飛び、田圃に落ちた。まもなく、幸右衛門と喜多方藩士が追いつき、雪と泥にまみれた北村を捕縛した。

「いやあ、危ないところ、ありがとうございました」

征史郎は岩白から降り、幸右衛門に頭を下げた。

「なんの、こちらこそ」

幸右衛門も笑顔で返した。

「その者に罪状を洗いざらい白状させることですね」

「はい、あとは我らで」

幸右衛門は力強く答えた。

岩白のいななきが白銀に響き渡った。

五日後、喜多方藩の騒動は一件落着した。

征史郎は屋敷の書斎で、詮議に当たった征一郎から経過を聞いた。

「このたびの抜け荷はすべて、尾張家用人北村左馬之助が仕組んだことだった。北村はおのが私腹を肥やすために、喜多方藩の名を騙り、尾張藩の蔵に納めていた朝鮮人参を売り捌いたのだという」

征一郎は淡々と述べた。

「そんな馬鹿な」

征史郎は納得がいかず頬を膨らませた。

「しかたなかろう。死人に口なしだ」

北村は征一郎の詮議を受け、口書《くちがき》に爪印を押してから、舌を噛んで自害したという。

「尾張中納言さまに累《るい》が及ばないようにですね」

征史郎が言うと、征一郎は、

「そうかもしれん、そうでないかもしれん」

珍しく曖昧に言葉を濁した。

「喜多方藩の前藩主、吉友さまはいかがされたので」

「国許で隠居じゃ」

征一郎はことともなげに返した。

「まあ、ひとまず喜多方藩は御家安泰でめでたしめでたしですか」

「そういうことだ」

「勝元さまはどうされるのでしょう」

「どうされるとは？」

「領知半分を公儀に返上しようとして駄目になり、尾張家から大勢の家臣団を連れて行くことも断念されたのでしょう。藩主として大変でしょうな」

「そうでもない。その方が気楽でいいのではないか」

「おや、兄上には珍しく暢気なお言葉ですな」

「そうか」

征一郎は苦笑し、

「大名家は御家が一番、当主があれこれ藩政に口出しをすると火傷をする。ま、吉友さまのように遊びが過ぎるのも困りものだがな」

「なるほど。それぞれに、納まるべき器があるのですな」

「ふん、分かったようなことを言いおって。おまえの納まる器はどれくらいのものかのう。ははは」

征一郎は困難な詮議を終え、気持ちが楽になったのか、珍しく饒舌だった。そのう

え、

「酒でも酌み交わすか」

と、言った。征史郎は驚きながらも、

「そうだ、旨い酒があります。ちょっと、待っていてください」

大急ぎで長屋に戻り、喜多方誉れの五合徳利を二つ持ってきた。幸右衛門が礼にと届けてくれたのだ。

「喜多方藩の名酒でござる」

征一郎は猪口を用意しようとしたが、

「これでいいか」

茶を飲み干し懐紙で拭った。征史郎は酌をし、自分の茶椀にも注いだ。

「どれ、そんなに旨いのか」

征一郎が茶椀を口に持っていったとき、廊下を足早に踏みしめる足音が迫ってきた。

「殿さま」

襖越しにお清の声がした。興奮のため、声が上ずっている。

「入れ」

一旦口に運んだ茶椀を征一郎は畳に置いた。襖が開き、

「奥方さま、無事、赤子をご出産致されました」

火照った顔を覗かせた。

「うむ、祝着《しゅうちゃく》。して？」

「元気な姫さまにござります」

お清が言うと、

「兄上、おめでとうござります」

征史郎は茶椀を頭上に掲げた。征一郎は満足げに笑みを広げると茶椀酒を一口含み、
目を輝かせ、

「旨い、見事な味じゃ」

一息に飲み干した。

書斎には華やいだ空気が流れた。

終章

喜多方藩の抜け荷騒動が落着し、征史郎は幸右衛門と喜多方誉れの販売を再開した。利根屋の文蔵はすっかり乗り気である。出入りの料理屋や小売の酒屋に熱心に売り込んでくれている。

「もう、師走ですから、年が明けてからが勝負でしょう」

征史郎は南茅場町の雑踏に身を委《ゆだ》ね幸右衛門に語りかけた。

「いや、まったく、花輪殿にはお世話になりっぱなしで」

「それを申されるな。わたしは、木島殿と喜多方誉れに惚れ込んだのですから」

「いやあ、それを言われると」

幸右衛門ははにかんだようにうつむく。

「それにしても、飯尾殿はお気の毒でしたな」

「はい」

幸右衛門は悲しげな目をした。

飯尾監物は北村左馬之助が捕縛されると、勝元への遺書をしたため切腹したのだ。遺書には、喜多方藩主として領民と藩士のために心を尽くして欲しい旨、綿々と書き連ねてあったという。

「勝元さまも喜多方藩主としての自覚が芽生えたのではございませんかな。なにせ、聡明な殿さまとご評判の方ですからな」

「家臣一同、領民一同、それを心から願っております」

幸右衛門は東の空を見上げた。


征史郎は、しばらく足が遠のいていた坂上道場に向かった。

「褒美は年明けか」

いくらかでも道場に持参しようと思ったが、忠光から年が明けるまで待てと言われ手元不如意である。

「ま、いいか」

征史郎は早苗の笑顔を思い浮かべ、日本橋の高札場に差しかかった。すると、

「大変だよ。両口屋が殺されたよ」

読売りが声を枯らしていた。

「両口屋だと」

そういえば、両口屋十兵衛にはなんのお咎めもなかった。すべては北村左馬之助が企んだ悪事であり、十兵衛が加担したことは明らかにされず仕舞いだったのだ。

征史郎は瓦版を買い求めた。

「貴連川にか」

瓦版は、十兵衛は寮で貴連川に包丁で刺し殺されたことを書き立てていた。貴連川は矢上吉友が忘れられないでいた。十兵衛は嫉妬に狂い、貴連川を責め立てた。その喧嘩の最中に殺されたのだという。

征史郎は、

「これで、一通り落着したな」

瓦版を丸め、放り投げた。

坂上道場の門に近づいた。すると、

「おお、征史郎。しばらくだな」

すらりとした身なりのいい侍が道場から出てきた。

「これは、海野《うんの》殿。先生の一周忌以来ですな」

侍は坂上道場の師範代であった海野玄次郎《げんじろう》である。

「道場はご繁盛とか」

征史郎は坂上道場の門弟の半数を引き連れ独立したことを皮肉った。ところが、玄次郎の方は一向に気にすることもなく、それどころか、

「ああ。日に日に門弟が増えておる」

自慢げに微笑むと、

「それからのう。年明けより、田安宰相さまの剣術御指南役をおおせつかることになった」

胸をそらした。

「田安卿の」

「そうじゃ。ま、おまえ達もせいぜい腕を磨くのだな」

玄次郎は征史郎の肩を叩くと大手を振って去って行った。

（海野玄次郎が田安卿の剣術指南に）

征史郎の胸に一抹の不安が澱《おり》のように残った。

時代小説

二見時代小説文庫

誓《ちか》いの酒《さけ》 目安番《めやすばん》こって牛征史郎《うしせいしろう》2

著者 早見《はやみ》俊《しゅん》

発行所 株式会社 二見書房
東京都千代田区神田神保町一-五-一〇
電話 〇三-三二一九-二三一一［営業］
〇三-三二一九-二三一五［編集］
振替 〇〇一七〇-四-二六三九

印刷 株式会社 堀内印刷所
製本 ナショナル製本協同組合

ISBN978-4-576-08054-3
http://www.futami.co.jp/

栄次郎江戸暦 浮世唄三味線侍
小杉健治／吉川英治賞作家が叙情豊かに描く読切連作長編

間合い 栄次郎江戸暦2
小杉健治／田宮流抜刀術の名手、栄次郎が巻き込まれる陰謀

水妖伝 御庭番宰領
大久保智弘／二つの顔を持つ無外流の達人鵜飼兵馬を狙う妖剣

孤剣、闇を翔ける 御庭番宰領
大久保智弘／鵜飼兵馬は公儀御庭番の宰領として信州へ旅立つ

吉原宵心中 御庭番宰領3
大久保智弘／美少女・薄紅を助けたことが怪異な事件の発端に

憤怒の剣 目安番こって牛征史郎
早見 俊／巨躯の快男児・花輪征史郎の胸のすくような大活躍！

誓いの酒 目安番こって牛征史郎2
早見 俊／無外流免許皆伝の心優しき旗本次男坊・第2弾！

逃がし屋 もぐら弦斎手控帳
楠木誠一郎／記憶を失い、長屋で手習いを教える弦斎だが…

ふたり写楽 もぐら弦斎手控帳2
楠木誠一郎／写楽の浮世絵に隠された驚くべき秘密とは！？

暗闇坂 五城組裏三家秘帖
武田櫂太郎／怪死体に残る手がかり…若き剣士・彦四郎が奔る！

二見時代小説文庫